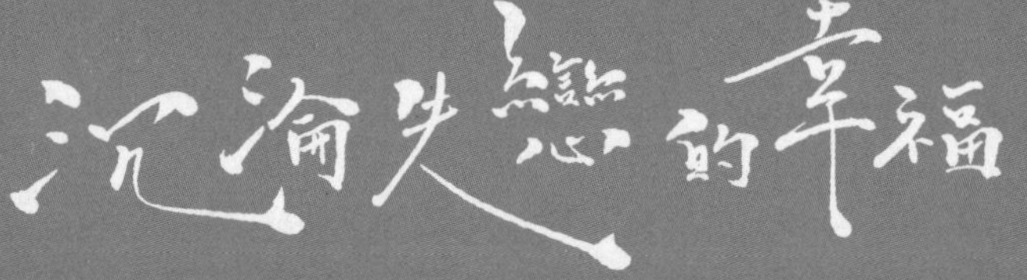

莎比亞

給曾經或正在經歷情傷的你：

即使悲傷以不同形式存於我們的心裡，
但我們依然有資格追求快樂。

為了再次感受生命的幸福，
就必須先沉淪失戀的悲痛。
嚐過最苦，迎接最甜。

1

2

3

4

原來悲傷都會慢慢習慣，
你很清楚知道自己是個不快樂的人，
但還是要繼續堅持生活，
學會了與悲傷共存。
沒關係的，你沒有傷害任何人。
人前，你要活得正常；
人後，容許自己盡情釋放悲傷。

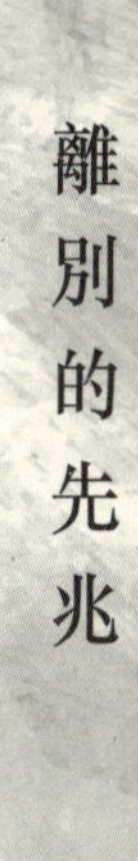

離別的先兆

分手前的愛情，是你以為患上長期病，打算慢慢治療，但原來某天突然死亡。

你們曾經為過很多事情而吵架，但每一次都和好了，令你會覺得下一次都一樣。

兩個人亦曾經鬧過分手，但心裡堅信此事並不會真的發生。

有些簡單的相處問題，兩人一起好好解決了；但有些根深蒂固、無法分對與錯、無法判斷由哪一方去改變的難題——例如其中一方的不安、嫉妒、冷漠、懶惰或忙碌，正在日積月累侵蝕你們的感情，甚麼都做不到，只能視而不見，埋藏心底好了。

偶爾你也會擔心，但也有信心可以相愛一輩子，畢竟沒有人是完美的，也沒有感情是完全幸福的，情路上總有高低起伏。

對方都看似一樣，每日生活如常，兩人約會也順利，還會感受到甜蜜。你不會想像到在他心裡一直存在分開的念頭，他燦爛的笑容下，隱藏著無盡的灰心；他並沒有告訴你早已愛得勉強，只在痛苦地默默堅持，等待絕望到放棄的一刻。

那一刻還未到，只因為導火線仍未出現，它不像計時炸彈一樣逐秒倒數讓你有心理準備，而是突如其來，在某一夜把正在酣睡的你炸得身體、心靈都粉身碎骨。

其實他的語氣及態度都已變得冷淡，你卻不當成一回事；他甚麼事都說隨你喜歡而懶得再爭吵。當一個人準備離開，他不會再為你而激動，對任何他曾經看不順眼的事情只一笑置之。

你看見他掛著的笑容，其實是苦笑；他牽著你手時、吻著你時，早已不帶一點溫暖。

只剩形式上的戀愛，只是一個看似健全的身體，器官內臟卻衰竭腐化。

只有你還想著永永遠遠，想要幸福一輩子。

離別的先兆其實一早存在，只是你錯判了時間，終於愛情的心電圖呈了直線，你怎樣搶救都無效。

你的心裡或許會內疚，如果早點發現、早點治療，結果會否不一樣呢？

但我告訴你，遇上跟離別都是命運，當你盡力地愛過了，有好過亦有壞過，回頭再深究甚麼時候出錯，只會令你苦上加苦。結局已經出來了，怎樣去面對是沉重的一課。

相愛與分開都不是一個人的事，也別要怪責自己，即使你做出改變，都只是把結局延遲；又或者到時想分手的換成是你。

每段愛情都存在或多或少的離別先兆，但有些常常吵著要分手的卻愛得長久，有些每天都曬恩愛放閃的卻分手收場。結果會在哪一刻揭曉，十年後、二十年後，甚麼人都無法預計。

最後你才會明白，不單是你察覺不到那些先兆，對方亦一樣，大家只可嘗試為這段關係努力解決，儘管努力都是徒然的。

愛得太遲是永遠的矛盾，而離別的最大先兆，最致命的一個，就是當你發現單靠愛亦無法再一起。愛情裡只有愛竟然不足以愛下去，這是最殘酷的現實。

所以，很多人會說仍然愛你，但對不起，還是要離開你，你值得一個更愛你的人。

他也想要一個更愛自己的人。

所謂幸福

你們很早就討論過怎樣才算幸福。

那時是剛在一起的頭幾天吧。

當時兩人互相擁著，腦裡憧憬著很多畫面，說起將來會同居、養寵物、怎樣照顧對方、怎樣為大家而努力，婚禮想怎樣、一輩子要怎樣……等等。

「總之，無論如何，也要一直愛下去。」

這是當時的結論，大家都作出了承諾。

但原來日子久了，幾年過去了，幸福變得愈來愈仔細，換句說話來解釋，就是你想要的愈來愈多，並不是很偉大的至死不渝，可能只是對方在吵架時樣子可不可以——不那麼討厭。

幸福由一些美麗的畫面，變了你們眼中想對方改掉的缺點，若然對方改不了，你就不再幸福。

同居了，但很多複雜的細節，沒有想過那麼令人苦惱；為大家而努力，但你會質疑為甚麼要苦了自己；結婚了、承諾一輩子了，你才懷疑是否愛錯了人。

終於，將幸福握在手了，憧憬的畫面都一一實現，生活一年一年地變好，可是對方就是說，我不再感到幸福。

「你不是說過要一起努力嗎？」你仍然問。

原來，幸福從來不是一些具體的畫面，往往只是一份感覺，並不是一份清單，逐樣畫上了剔號又如何，他還是選擇跟其他人重新開始。

他們重新列一份幸福的清單，跟你們從前的一樣，都是同居、養寵物、結婚，或許會多加幾項，只是主角不再是你。

或許你會覺得難以理解，明明擁有了一切，到頭來還是一無所有，而其實這就是一個過程，就是當一一實現了，對方才發現原來這不是自己想要的。

他當初也不知道的，他也以為自己是幸福的。

對你來說，你還傻呼呼地沉醉在這段關係，給予滿分，你對幸福的定義從來沒有變，你仍然把幸福想得好簡單，有他就好了。

就像我一樣，我一直都覺得自己幸福，更糟糕的是我以為自己一直給予對方幸福。

我當然清楚自己不是一位完美情人，關係裡也存在很多刺，可是我也實現了當初大家訂下的幸福清單呀，但原來逐件拼砌出來後，畫面沒她想像中那麼美。

所以我說，相愛時總把幸福想得太概括了，很容易造成錯覺，而最傷人的是你一日未做到那些目標，你都以為大家會幸福；就是要做到了才能認清現實，這是一個多麼浪費人生的過程。

但其實又很容易理解，就像你上網看到了一間看似很好味的餐廳，你滿心期待訂位，直到坐在餐桌上，侍應把食物送到，你驚訝實物居然差這麼多，嚐了一口，味道如在吃垃圾，然後失望離去。

那份食物一天只還存在你想像裡都是好味的，放進口裡才知真正的味道。

幸福亦一樣，憧憬永遠都好，但實現起來，有人覺得很滿足，有人覺得美中有不足但尚算合格，但有人察覺原來一直委屈自己。

所以，當一個人仍在追問，因為他還是以自己角度去感受幸福，卻不知道另一個人已不再同步。對方只想重新追求幸福，即使要再推倒重來，由零開始，但至少再一次充滿憧憬。

所謂平淡

你們定義過幸福，也說過甘於平淡。

當時，又是相擁著，深情地跟對方說，世界再複雜，我們都要簡單地愛，平淡的生活就足夠了。

就像實現幸福一樣，當你體驗過平淡，就知道平淡某程度上意味著沉悶。

說出來時是一個浪漫的態度，但真的過著平淡的生活，可能比想像中具挑戰性。

我很坦白承認，我的生活一直都非常平淡，除了工作以外，就是吃飯、看劇集、聊聊天就過了一整日。

我當時會想，這應該是大部分人的生活吧，而且我很享受。

平淡就如吃焓雞胸減肥，無論你怎麼堅持，都不得不承認那些不健康的美食才是好吃，但我真的可以由心而發覺得焓雞胸很好味，吃了一年也接受到。

但這份好味，只有帶著修身信念的人才可以嚐到，其他人工作了一整天，壓力又大，難得忙碌過後，怎可以不好好吃一餐豐富的慰勞自己呢？

愛情裡的平淡當然也可以調劑，例如去旅行充電、間中的浪漫約會亦有效，但平淡的副作用是，令你偶爾會質疑大家，是否再懶得經營關係，是否已經愛得乏味，相處只是一種習慣而已。

平淡也會變成一個藉口，當愛情不再是人生的首位，你就藉口說服自己，對呀，平淡地愛嘛，不會有問題的。浪漫只是花紅，在重要的日子才派發，今天、明天、後天又不是生日或紀念日，那麼就平淡地過吧。

是的，今天、明天、後天都平淡不要緊，但一個月、幾個月、一年，甚至幾年呢？還要一輩子都平淡，又有幾多人能甘於承受呢。

尤其在感情出現其他問題時，從前嚮往的平淡都會被踩得一文不值。

我非常後悔兩個人一直過得平淡，青春就是要揮霍嘛，但即使大家過了青春的日子，還要精彩地過每一天，安排豐富的節目，多一些浪漫的約會，除了因為這樣做本身會帶來快樂，還因為快樂過後，才有條件甘於平淡。玩得累了，要休息一下。

上星期去過這裡那裡，今個星期待在家裡吧，並不是幾個星期都待在家裡，悶得發慌才計劃去哪裡。

先後次序已經有很大分別。

淡淡然的幸福不是必然，而平淡的幸福更是難能可貴。

但很可惜，在這個世代大家都很怕感情變淡，也不懂得怎去面對，真的能夠甘於平淡的情侶也無法跟你解釋怎樣做到。

他們就是會由心底覺得只要跟對方一起，甚麼都不用做都很幸福，或許當你失去這份感覺，也是離別的先兆之一。

如果可以再次選擇，一定不會再愛得平淡，一定會天天帶她去這裡去那裡，安排好週末的節目，長假期也計劃好去甚麼地方，在無聊透極的人生設法找尋更多的興趣、樂趣及情趣。

就如工作後獎賞自己一樣，兩個人愛得那麼努力，又怎可以不去享受生活呢。

白頭到老才平淡吧，現在請盡力去愛得精彩。

愛情以外（一）

熱戀期過後，愛情就不只關愛情的事了。

當兩個人要走出童話，活在現實裡，那意味著甚麼？代表著愈來愈多引致爭吵的難題。

我在愛情裡吵得最多的時候，當然不會是剛相識的頭幾個月吧，那陣時課堂也蹺掉，兼職也因為愛得忘形而懶理，只為見多一分鐘甘願付上任何代價。

青澀的初戀帶著這種熱情，生活還有甚麼難題可以阻撓？

可是，日子久了，除了要面對提及過感情變淡的問題，在愛情以外，也像闖關一樣，人愈大愈多事情要解決。

收入雖然不成問題，但每個月的帳單來到，要繳付租金，你總要擔心著戶口的錢，是一種無形的壓力。

工作以外，大家的身體都會出現毛病，光是因為太累、太大壓力睡眠不足，就自然沒心情談戀愛。

愛情問題，並不因為愛情出現問題，而是生活出現問題從而影響愛情。

例如，在最後的日子，因為新屋未入伙，暫時需要租屋半年，她對於那間屋的環境非常不滿，覺得住得不舒服，我們為著這事吵過架。她也知道問題不在我倆身上，但就是影響了她的心情。

又例如，我有段日子非常忙碌，連睡覺也沒時間，更沒時間陪她，她也知道體諒，可是心裡還是會難受，我也知道她的難受，但我就是無能為力。

充滿著各式各樣的難題，這就是無法避免的人生。

有時候可以共同面對，但當大家都乏力的時間，日積月累，總會消耗某一方的耐性。

撇除情侶的身份，我們只是個普通人，一樣會面臨低谷，一樣會情緒崩潰，一樣會想放棄人生，充滿著自卑與不安，愛情會成為動力還是壓力？

即使愛了多年，時機仍會扮演重要的角色，你會覺得，要是某件事沒有發生，結果或許會不一樣。

即使這是真的，我們也無法改變。

愛情不一定時時刻刻都強大，它只是人生中的一部分。

有些時候，對方會支持你、陪你渡過難關，但又有時候她也感到累了，無法再鼓勵你，而這麼一瞬間就像骨牌效應般推倒你倆的愛情。摧毀總是比建立容易，然後就成為了離開的原因。

所以，愛情在一方面需要享受浪漫，另一方面也要學懂怎去面對壓力。

我就是處理得不夠好，生命的重心由愛情轉移到生活上，以為生活好了，愛情也會隨之而更好，但解決了生活的難題，原來已為愛情埋下無法修補的問題。

幸福的人不一定能兩者兼顧，過著無憂無慮的離地人生，但至少能取得平衡，側重任何一方都不健康。

不是一兩天的平衡，而是一輩子，細思之下就會發現那是有多困難，但人們總覺得相處得好是理所當然，情人就會互相扶持，但背後其實需要注入更大量的心思。

愛了這麼多年，我以為我做到了，結果有一刻鬆懈或太安於現狀，就忽略了現實是有多無情，不容許有任何差錯。

經歷不同階段的轉變

相愛程度會受人生階段所影響。

很多人都輕看了由一個階段跳到另一個階段時，為愛情所帶來的衝擊，而其實每次轉變都要重新習慣，如認識一位新的戀人一樣，磨合不了，就會有分開的念頭。

我那段愛情長跑在大學開始，當時我在經歷分手兩年後，才再有機會戀愛，當然很珍而重之，卻沒有想得那麼長遠，享受熱戀的甜蜜好了。那個階段唯一苦惱的只是要交功課及希望順利畢業，所以幾乎都沒有吵架的理由吧。

第一個轉變，是告別學生身份同時決定同居，開始工作後大家都要適應上班的忙碌，同居也有很多習慣要磨合，可是兩者都帶來了新鮮感及提升了物質的享受，有錢去不同地方約會及旅行，總括來說感情都是變好的。

後來我開始追夢，全職在家工作，由零開始壓力很大，可是大家有著共患難的革命情感，捨棄了平穩的生活，情緒也隨著我的成功與失敗而大起大跌。就像賭博一樣，押下的愈多，中獎時愈快樂，但同樣地，輸也會非常失落，但從沒有放棄的念頭，這點很重要。

做到了一些成績，人生彷似上了軌道，再沒有急升，也沒有急降，這時候反而會讓人質疑，是否變淡了呢？這是種很常見卻有矛盾的心態，花了這麼多努力才走到安穩的一天，人卻不甘平淡，覺得沒有火花、沒有激情，也沒有新鮮感。

到了人生暫時一個小高峰，理應處於最幸福的狀態了，我也終於放心下來，而愛情就在這刻離我而去。這麼多年走過的路，原來再沒有前路，你要一個人走回起點，重新再走下去。最美好的階段，卻是失去最愛的一刻，這種衝擊當然會令人懷疑人生，但要客觀地用邏輯分析，也可以很合理的。

怎麼說呢，就像對方生病了，你不會捨得離開他，與他跟病魔搏鬥，兩個人在生離死別前甜蜜恩愛，珍惜每分秒。可是當病人康復了，共過患難後，大家回復正常生活，這時候感情出現問題，再不像以前那麼忍讓，甚至釋放一直壓抑的負面情緒，感情反而走下坡。

每個階段轉變，都會影響情緒，性格也會有些微變化，當生活上遇上的人和事都不再一樣，經歷不同，兩個人的步伐很容易出現偏差。有些情侶最開心的日子，反而是大家甚麼都沒有的時候，那陣時雖然過得辛苦，但目標一致，有種苦盡甘來的幸福，一起捱也沒所謂。

說到底，那是適應與習慣的問題，一段愈來愈多年的感情，自然要面對愈來愈多變化，在每個新階段都要重新溝通，找回那個熟悉的大家，也了解一下對人生有了新想法的對方。

再一次同步，再一次確認所愛，才能繼續愈走愈遠。

當然，大前提是你要察覺到那份變化的出現，不然你還呆呆地站在原地，而對方早已不在你身邊了。

沒有激情的心動

愛情裡最困擾的一條問題是，相處少了激情，擔心會因此而分手。

我以前的想法是，當然不會。

原因是，愛情裡除了激情以外，還有很多難能可貴的情感，有些經歷比激情更令兩個人愈來愈相愛，心動也不一定來自激情。

譬如說，你每天回到家，有個人陪你吃飯聊天看劇集，睡覺有個人在你身旁，好讓你不再孤獨生活。這樣子一定不是激情，但在生命中找到這樣互相陪伴人，比起隨意在交友軟件找個睡一晚的性伴珍貴得多，可惜情慾卻叫人忘記感情。

心動不是像韓劇般四目交投的一刹那，而是你在失落無助的時候，另一個人抱著貓在你面前逗你笑，跟你說：「甚麼事都有我們在你身邊呀！」

一段關係裡，嚴格來說，永遠都只會有短暫的激情，但是因著激情的相遇而發展的後續人生，也會繼續閃耀著不同的火花。有哪一次旅行不令人期待？有哪一次你生病了，不渴望對方照顧你？又哪一次你有好消息，而不想立即跟另一半分享？這些都是激情，只是換了一個方式存在。

覺得失去激情的人，因為他們把激情狹窄地定義在身體接觸的興奮上，或是想見面就心跳加速、臉紅紅地害羞起來，牽手就要有生理反應。但真正失去激情，是當你完全討厭對方，無論他做甚麼事你都看不順眼，你在他身上已經找不到一個優點，你覺得留在他的身邊是折磨，你覺得付出任何代價都要離開這個人。

這才是失去激情。

否則，假如你們仍然相愛，只是火花不夠，那只是在某個時段，你們的感情受著不同的因素影響，沒有時間心機去投入愛情，但一旦回復正常，你就覺得自己想多了，原來幸福一直在身邊。

我從來都嚮往細水長流多於激情，細水長流意味著你的愛情會有很多難以忘懷的珍貴片段，當中有甜也有苦，但正因為確確實實經歷過，愛情才變得有意義，否則常規的愛情不會以追求一輩子為目標。若然短暫的激情才是真愛，那麼世上大部分人每日都要尋尋覓覓，像輪迴一樣。

最理想、最崇高的愛情境界，當然是激情與感情兩者兼備，其實那些愛了十幾年至幾十年的情侶，你以為感情會變淡嗎，他們還不是每日在打情罵俏，每日真的會為著牽手而高興。

別再為激情或新鮮感而懊惱吧，想著怎樣令感情變得更深厚反而重要得多。

以上是我從前的想法。

至於現在呢……我承認輕視了激情的重要性，但追求激情始終虛無飄渺。

理想歸理想，現實依然充滿變化。無論你追求激情、感情、愛情甚麼都好，只得一個人想，也就是空想。對方的愛情觀依然沒變，只是想換另一段關係。

你可以改變自己對愛情的看法，也可以獨自改善關係，但變好不一定步向幸福，變差也不一定導致分手，愛情最重要的終究都是過程。

性格的缺憾

自卑的人會愛得很痛苦。

我從小到大都有著一份莫名的自卑感，甚至愈大愈強烈，這感覺令我很抗拒跟別人，尤其是陌生人相處，因為內心會對於他人對自己的觀感很不安。

自卑令我從來都不覺得會有人愛自己，也沒有資格去愛人，對著接受到我的人總懷著感恩的心。別人不明白我自卑的原因，而我至今也弄不清楚，但我很羨慕那些條件很好的人，總可以懷著笑容去過每一天。

當愛情出現了，確確實實地有人說深愛著我時，我找到了快樂的原因，我仍然忽視這個世界，因為我有了二人世界。

當我覺得自己不夠好時，對方就是願意包容我的缺點，在她的眼裡不好才是好，那是唯我獨有的個人特質，令我才是我，而她愛的就是這一個我。漸漸地，因著被愛，我也變得喜歡自己，喜歡這個世界。

自卑的人覺得愛情得來不易，所以會特別珍惜，他會很擔心對方離開，卻同時明白對方為甚麼會離開。他並不會哭訴，也不會爭取，因為他明白對方每一天的愛，由始至終，都是生命中的驚喜，沒想過會擁有，計較失不如感謝所得。

自卑的人一生中無法擁有很多戀愛的機會，他的愛在別人眼裡或許只是很普通，但對他來說所踏出的每一步都藏著極大的勇氣，他怕對方覺得不夠，可是卻無能力再給予更多。

他不知多想可以跟別人一樣笑著跟她合照，他不知多想可以跟她像靈魂伴侶一樣有自信地交談，他的心裡比任何人都感謝她的出現。

可是，有一天，他發現了原來她也同樣自卑。

她總是苦惱著不夠別人漂亮，總為著他沒有讚美而懷疑自己，總擔心對方會移情別戀。

兩個自卑的人相愛，起初會特別珍惜，覺得找到了命中註定的那個人，但後來兩個人就算怎努力變好了，都會有打回原形的一刻，而這一刻是週期性的，不時會出現。

大家都不想埋怨對方，當自己不夠好時會怪責自己，覺得整段關係變差了就心急得連對方都罵了，那是因為不知所措、焦慮、愈急愈錯所導致的吵罵。

自卑的人很難復原，以為雙方造成的傷痛已過去了，但原來常存心裡，總記得他所說過那句傷人的話，也忘不了她那麼無理取鬧，總覺得這段感情裡崩了一角，永遠都無法填補。

結果，兩個自卑的人默默地為愛情而努力，但正因為太相似而愈走愈遠，正因為能在對方盡情展露自己，結果最醜陋的一面都無遮無掩，所謂太愛了而分開，就是無法再承受雙方變得愈來愈討厭，幸福再無法抵消灰心，就只能考慮離開。

雖然並不會懷疑自己愛錯，但阻不了命運讓彼此錯過。

很多愛情的結束，都因為性格的缺憾，那並不容易改掉甚至一生都戒不了，兩個人能否負負得正，太勉強都無好結果。

掛在口邊的甜言蜜語

有些人不常說甜言蜜語，但他們對另一半的照顧無微不至。

有些人單靠說話就能令花開，但他們的行為卻一次又一次令人失望。

人類都是貪心的，又要甜言蜜語，又要無微不至的照顧，一旦結果不似預期，又覺得問題出現了。愛情真的充滿不同的難題……解決了一樣，又有另一樣，要求與滿足無止境地出現。

我算是兩者兼備，但那也意味著兩邊都做不好，有時候更會資源錯配，情況譬如是對方生病了，當然想聽你關心她怎麼了，很辛苦嗎，但更需要你送水、送藥、陪看醫生，或任何讓她暫忘不適的哄氹，行動比說話重要。

又譬如對方工作出現問題，妳不停為他東奔西走，煮了他最愛吃的，陪他聊天，可是他只想聽一句加油，或者讓他一個人獨處。

很不公平吧，很不合理吧，苦心付出還被說成錯事，但兩個人的配合有時就是那麼不合情理，對一方來說是常識，但對另一方來說是神蹟，竟然要這樣做才對！我哪會知道，我又不是全知的神，我只是個粗心大意的男朋友而已……

甜言蜜語是必需品，她有一段長時間聽不到就會不安，可是對男人來說那不是一件會常存在腦海裡的事，不會有一把聲音跟他說：「是時候要說句我愛你了」、「笨蛋該騙她漂亮了」、「拜託請擁著她說有妳真好」，男人以為照顧就是一切，所以才有以事業為重，努力賺錢、愛得太遲的情節。

可是，把甜言蜜語掛在口邊，她又會聽到沒感覺，雖然有比沒有好。所以，原來甜言蜜語最講求時機，在合適的時間做合適的事，在需要浪漫時說浪漫的話，這根本是一種技術，甚至藝術。

有些人一點都不喜歡甜言蜜語，並不是他們太奇怪，而是遇過太多空口說白話的人，兌現過太多空頭支票，說得動聽，可是最後卻一刀刺進你的心裡，十萬句我愛你、千萬句永遠，卻敗給一句分手吧。你說，甜言蜜語有甚麼意義？

而且，太多的甜言蜜語，在甜蜜過後，反而讓人空虛及傷感，明知對方當時只是循例說說而已，當時都沒多大的感覺，反而在離別後才觸景傷情，原來她曾這麼說過喔……

人類真該想清楚甜言蜜語的重要性，一些人變得冷漠了，或許他們才是清醒的一群，那句永遠愛你就像新年的恭喜發財，千萬不要當真，只是一句祝福而已。

這樣想的話，整件事壓力都變小了，愛聽的人聽不到也不再可惜，不愛說的人反而沒那麼難把愛講出口。甜言蜜語不再是負擔了，也不會因此而吵架。

我個人來說，從來都不喜歡聽甜言蜜語，就算對方說了我都全無感覺，因為我從來只希望用一輩子去兑現那句一輩子。況且，由他人說的一輩子原來更真實，原來更動聽。

所以，不屬於你的幸福，說一億句都不會成真呢。

曾經的分不了手

在真正分手前，你們應該都鬧過幾次分手。

當時哭得死去活來，以為那次轉身真的就各不相見了，可是拖拖拉拉後，又像沒事發生過一樣，還覺得比以前恩愛。

分不了手，只因為對方還未夠狠，他明知道多年來相處，大局已定，問題不是那麼容易解決，可是比例上，愛與不捨還是佔大多數，結果心軟復合了。

那時候，大家都以為愛是萬能，還存在「只要努力，問題一定能解決」，常常說有問題，但到底問題是甚麼，其實兩個人都不知道，愛情不是解謎遊戲，而是複雜的心理及情感，好多時都口不對心，表面問題到了深層卻又成了另一種阻礙。

「愛得很痛苦呀。」其中一方如是說。

但至少，維持現狀你大概知道有多痛，但分手的話，整段人生又要推倒重來，將來會否更幸福？沒有答案，沒有勇氣，於是繼續分不了手。

苦苦堅持是好是壞，在未知道結果前，唯有把重點放在過程上，要再花多些時間去相處及溝通。有很多人一復合就放下心頭大石，像又過一關似的，或是花了心思去演一場跪求復合的小劇場，但重新在一起後，就以為問題解決了，但其實更多的心思應該放在復合之後，改善大家的關係。

分不了的手，也是一種警號，不是先兆般簡單，它告訴你身在危樓之內，隨時有倒塌的風險，但你還是氣定神閒躺在床上，心想：「怎會這麼易倒塌呀！」縱使萬丈高樓的地基有多穩固，但日久失修，加上突然的地震，一切已經太遲了。

到了真正分手，你就會回想，在那幾次分不了手後還沒有吸收經驗，沒有愛得再謹慎一點。

我也鬧過幾次分不了的手，但我每次心底裡都覺得，那只是比吵架更嚴重而已，要再花多些心機去哄她，她始終也離不開我，因為我們之間太多牽連，已是對方生命中的一部分，但結果，我亦太天真，離不開對方的只有我而已。

還有一個重大原因令人分不了手，就是他們未準備好之後的事宜，就像罪犯打劫銀行，他要計劃出逃離路線才會走進銀行。對一些人來說，而分手也要萬事俱備，並不是只是一刻衝動。

好聽一點，就是不要突然死亡，但實際上是安排好自己的情緒，整頓好想法，再用自己的方式慢性分手，而難聽一點就是自私，口講為大家好，其實只有提出分手的他覺得好。

到了那刻，想分手的人已經不會理會曾經有多愛，他只想離開，所以也不會為對方著想，這也是可以理解。我們沒有學過怎樣去分手，但為了尊重你深愛過的人，至少以最低傷害的方法去離開，畢竟那份傷痛只有他一個承受，再沒有人陪他面對。

那份傷害可以比你想像中大好多倍，可能影響他的一生，浪漫表白需要誠意，好好結束也是最後的善意。

除非他不值得。

成為了最討厭的情人

一直以來你都很努力地愛，最終卻成為了你自己最討厭的情人。

每段戀情一開始，你都下定決心，今次的結果不會再像以往般悲慘，可惜歷史又再重演。

你很了解自己的缺點，知道自己在壓力下、在憤怒時、在悲傷中，會變得有多生人勿近；在吵架時亦不留情地連珠炮發，忘記了在你對面的那個人是你的最愛。最愛，你卻最放任地傷害他。

他不把錯歸究於你，反而怪自己太傻，仍留在你身邊自虐。你都忘記愛情了，怎麼還對你留情呢？

原來，愛情是你明知自己做得不夠好，但基於墮性及慣性，你需要花上以年計的時間來改善，不知道要多少年，也不知道對方等不等到你。

愛情也只能用這種從錯誤中成長的方式去讓人了解自己。就如考試一樣，你溫習了好長時間，把複雜的概念掌握了，把公式背好了，把歷屆試題做遍了。可是到了考試當日，你還是有不懂的地方，還是無法取得滿分，以為把這次錯誤改好了，但下一次又換了另一份試題，還是出錯了。

然而，在許多的錯誤中，有些可以被原諒，有些可以改得掉，而許多時候，那個最影響關係的錯誤卻真的鑄成大錯。

在我而言，對方在我身上所留下過的傷痕我已不想理會了，反而纏擾著我的是我不斷在反省好幾次吵架時，我都變得咄咄逼人，明知道她不愛聽某些說話，必然會刺中她的傷痛，我卻在她最脆弱的位置錐下去，愈了解反而愈懂得該怎去傷害。

我花了好長時間去學習做個好的另一半，因為我的戀愛經驗不多，遇過很多難題都勇於面對，也很有心機去溝通。可是人愈大，再有沒年輕時的耐心，不再愛得小心翼翼，也不會為著怕失去而追求成為一位完美情人。

因為你有了很多鬧情緒的理由，例如我這麼辛苦對方該體諒一下吧、上一次對方都不讓步，我又怎麼要停戰，是她做錯就要道歉……愛情涉及道理與邏輯，就會變得計較，一計就雙輸了。

很多人都只在對方哭得撕心裂肺時，才了解自己有多壞，像有一面鏡反映著你的行為，你不停說對不起，求對方原諒，可是到底一個人能否真正原諒另一個人，恐怕很多時都不容易。不是對方小器，他也很想忘記，但傷痛總是很容易被勾起。

最惡劣的情況是互相傷害，兩個人明明都傷痕纍纍，卻一直失控，去到一個不知道怎麼收拾殘局的情況。

這段愛情又再走向了你沒預期過的方向。

那些溫柔、那些體諒、那些細心、那些浪漫、那些陪伴、那些寵愛……漸漸地變得模糊，大家都忘記了。

最後，讓大家停止變得討厭的方法，就只有離別，分手成為唯一的解脫方法。

你問，那樣即是代表逃避，不會很消極嗎？

那是因為已經錯過了仍可積極的機會了。

/ 2 /

失去固然可惜，

但曾經擁有過幸福也是千真萬確，

這刻雖然完結了，

有很多憧憬也無法實現，

但我所失去的只是將來，

而將來是否跟從前一樣幸福，

那是未知之數。

我仍然擁有最甜蜜的過往，

並且會帶著這份經歷好好生存。

終於失戀

在說過那麼多愛情理論後，我必須寫一句，我終於失戀了。

那不單是一個感情上的結論，而是人生一個新階段，影響你非常深遠的一件事。

這一次，不再是分不了手，你很清楚大家不會再互相糾纏，而是真的要結束。

接受事實跟心理上接受失戀，是兩碼子的事。先講接受事實，這一部分反而讓我很冷靜，因為我很清楚她決心離開，發生的事情是不容許有復合的餘地，也沒有挽回的選擇，算是不幸中的大幸吧？起碼我很清晰、很理性、很冷靜地接受自己的失戀。

我不敢一口咬定相愛的時間愈長，分手的感覺會愈痛，可是在我而言，失去了一個認定了的終身伴侶，對當刻的我是一個沉重的打擊。沉重的意思是，你不是激動地大哭一場，把情緒發洩後就好起來，而是實際上影響你的生活、對未來的計劃、對自我價值的認同，無疑地把你的人生摧毀。

我失戀的經驗不多，但失戀的當刻不需要甚麼經驗，不會因為上次失過戀了，今次便懂得怎去療傷，一切也要重新面對。有些人跟拍拖幾年的另一半分手可以很灑脫，反而跟認識數個月的新情人分開卻死去活來，所以每一次失戀都是全新的傷口。

我的傷口很深，深得把痛楚的神經都切斷了，所以一開始我沒有哭過，不停地苦笑「真的走到這一步了」，而我的腦海不停地告訴我「你要好好想一下怎去面對」。

失戀的那刻，我一個人在家，身邊只有貓咪，望著牠們我第一個想法就是以後都見到不牠們了，牠們也是我愛情的一部分，陪了我幾年，對於沒有計劃生小孩的我來說，牠們就是我的兒子。我立刻逐一抱著牠們跟牠們道別，這時我的眼淚才流下，這時我才覺得人生要失去重要的部分，離別是那麼相近及真實。

你們之間建立得愈多，失戀時亦失去愈多，單是本來定義為幸福的回憶，立即變成了想起來會隱隱作痛的畫面。

一整晚我就抱著貓，接受這個命運。我很清楚我的人生並不會那麼幸運，對於曾經擁有過幸福，曾經被愛過，我心存感謝。所以在失去時會覺得，只是時候終於到了，我只是交還一些不屬於我生命中的事物，而這次是愛情。

我當然想一輩子都跟上天借來這份幸福，或許我曾被提醒過很多次而我忽視了，但無論如何，我接受了失戀，還接受了我生命中的所有爛事，接受了我是個不再完整的人。我反而對人生豁達了，因為沒有希望，就不會失望。

我算是悲觀地樂觀的一個人，會為著失戀而激動的人，或許因為他們覺得不該被這樣對待，像投資了要有回報，可是我接受人生的無奈，我憑甚麼擁有幸福呢？像我這種條件不夠好的人，別人的離開是很合理的。

不管以上的想法會否太消極，但這是當時的一個情緒出口，而你很難叫一個失戀的人積極。

接受失戀，這是走出失戀的漫漫長路的第一步，也是沉淪的開始。

情緒的階段

心理學理論認為，悲傷會經歷幾個階段：否認、憤怒、討價還價、沮喪、接受。

這理論在我身上不太完全適用，我也覺得自己的反應有點反常。

我一點都沒有不相信事實，當大部分人失戀後會選擇挽回或溝通，我很快就死心了，並沒有「否認」的階段，我也深深明白這次是真的不一樣，無法回去從前的光景。

最奇怪的是，被離棄的我竟然一點憤怒都沒有，其他人經歷被背叛，或許已經呼天搶地，喊打喊殺，反而我的朋友不停叫我冷靜別做傻事，但我根本沒有想過。

當你很愛一個人，並不會因愛成恨，你連憤怒都不會，你會不停為他找借口，為他解釋。雖然當一個人選擇傷害你的時候，他身上早已不帶著你的愛，只是愛不一定需要互動，為所愛的人付出都是一件幸福的事，當這種愛意還在，你是捨不得憎恨與憤怒。

當然也沒有討價還價的空間，因此也沒有經歷這階段。

沮喪或抑鬱，居然是在很後期才出現，甚至延續到這一刻。一開始失戀我反而積極地面對，或許那種悲傷仍埋藏於心底，我很用力地抑壓著，而且要處理日常的事宜，例如搬家，在一切安定下來，大概幾個月，有了所謂新生活後，情緒才掉到谷底。

當我沮喪時並不會大哭，而是每朝起來都覺得人生沒有希望，外表看起來一切正常，但內心卻腐爛地苟且偷生，失去靈魂，孤獨寂寞，每分每秒都沒有生存的方向。沮喪是長期的階段，心情時好時壞，你也無法得知人生會有甚麼事受到影響，也不知道它會存在多久，所以有人會學懂與沮喪共存。

至於接受，正如前文所說，我很快便接受現實，那是已經發生及無法改變的事，但心靈上怎樣才叫接受，那才是重點。

是不是接受了就不會傷心呢？但譬如你弄丟了裝滿幾千元的銀包，證件都遺失了，一切處理好後，你回想起還是猶有餘悸。又譬如親人或寵物離開了你，每一次你想念他們，心還是會隱隱作痛。如果接受的定義是，你再不會為那件事而傷痛，那麼我不肯定人是否能夠真正接受，因為那件事夠重要的話，很難完全沒有一絲感覺。

補充一點，我本身的情緒起伏不大，對任何人都可以很冷漠，可以把自己封閉不跟任何人接觸，但當我熱情起來，一旦對人產生了情感，便會至死不渝，或許因此，我可以選擇我的情緒。

不是悲傷纏繞著我，而是我選擇了悲傷，迫自己好起來反而沒用，因為這是我人生的一部分，要小心謹慎慢慢處理傷口，否則一傷再傷。

所以，我才覺得沉淪在失戀之中，也可以幸福，因為你正在了解自己，是一趟探索心靈深處的旅程。當你感受過最傷痛，才能再次感受到甜蜜。

悲傷存在的價值，是讓我們學懂珍惜快樂。

頹廢人生

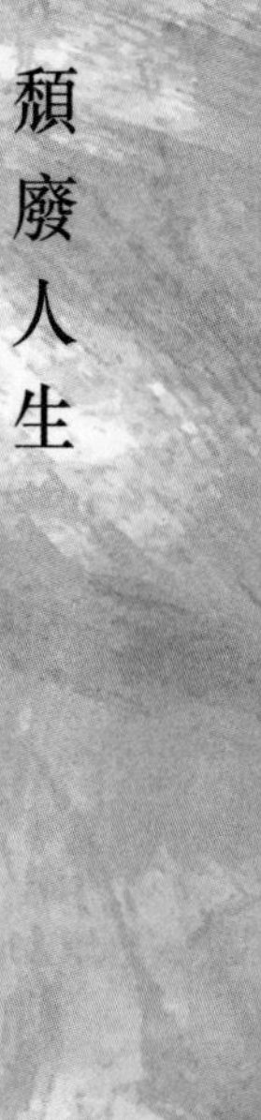

我必須說，頹廢是個好東西。

很多人都為著在失戀後變得頹廢而自責，不知道自己在做甚麼，簡直浪費人生。

但是，頹廢就是你復原的過程，就像人需要休息般簡單，你的心靈需要頹廢一下來喘息。

用工作麻醉自我當然也可以，但過後你依然會頹廢，那是逃避不了的階段，你可以去參加很多興趣班、去做運動、去看電影等等，但也要留一些時間頹廢，甚麼都不去理，只需照顧自己的感受。

我過了半年的頹廢生活，暫停了工作，長期都躺在床上，沒有大吃特吃因為沒胃口；看些無聊影片，跟朋友聊天，就渡過每一日，有時太悶就會到街上走走，半夜散步感覺不錯。有一些工作邀請我都拒絕了，錢在那一刻並不重要，一旦答應了工作，當我沒心機做時便很難跟別人交代。

身邊很多人會叫你快點好起來，他們的善意當然是為你著想，只是你很清楚自己不想那麼快好起來，就算想都做不到。

頹廢跟悲傷是掛勾，但那是兩種不同的情感。頹廢是一種生活方式，是你用來控訴世界對你的無情，是你跟自己的內心說放縱一下，是你故意跟自己過不去，折磨一下自己，好讓你看清現狀就是很爛，要怎去面對呢。

幸好，頹廢會有盡頭，到了一天你會接受不了自己，或你早已安排好一個回復正常的日期，而我是後者。到時候，你就會有心理準備告別頹廢生活，反而積極起來，找回自己的人生似的。

當然，又要補充一下，頹廢有很多形式，不一定像我一樣躺在床上，甚麼都不做整天看電影、沉迷玩遊戲、四處逛逛、放任屋子變得淩亂、不讓陽光闖進屋內等等，貌似不健康的生活。

很多心靈雞湯叫人積極生活：「為了一個不愛你的人糟蹋自己太不值得」、「感情過去了就重新開始」、「世上還有很多值得你關心的人和事」，給建議當然要正面，要導人向善，但一個受傷的人根本很清楚這些道理，生病了誰不想康復？但心靈雞湯沒有告訴你由悲傷到回復正常，那是一個漫長的過程，而在這過程裡，你絕對有權利頹廢。

回想起來，我反而很感謝頹廢時的自己，雖然那時很任性，對身邊人也很不負責任，但當時令一條拉緊了的橡皮圈得以放鬆。你不知道當你無視悲傷，強逼自己好起來時，在哪一天所有負面情緒或會一次過來襲，那時你未必承受得住。

頹廢讓我控制了負面情緒，逐點逐點，一天一天把負能量釋放，就算情感一旦缺堤，我也早有準備，因為我接受了自己的混亂，而一直在混亂中尋求好起來的機會。這是被動與主動的分別。

這樣的話，某程度來說，頹廢反而是積極面對，你主動迎接頹廢，而不是被動地讓頹廢侵蝕了你。

別再擔心過得頹廢了，想想怎樣善用頹廢吧。

自我封閉

我處理失戀的方法真的很差勁，除了頹廢外，還會自我封閉。

解釋一下，自我封閉不是長時間斷絕社交，不是甚麼人都不見，而是安排一些時段，讓自己真正獨處。而我認為，真正獨處會封閉了自我。

我一個人住，晚上當然是獨處的時間，但一個人又不代表我會跟自己溝通，例如一個人在家裡看電影，是獨處無誤，卻不是溝通。

自我封閉是不讓人左右你的思考，在日常生活聽了很多人的意見，看過一本又一本書籍，然後你便開啟「飛行模式」，不跟別任何人交流，靜靜地思考自己想怎樣。

正如有些人會透過旅行自我封閉，遠離塵囂，只想聽從自己的感受。

不過，一個人的時候，很容易胡思亂想，情緒可以低落，但你要確保不會在身體上傷害自己，否則請讓別人陪伴著你。

自我封閉時，我會拒絕任何人跟我聯繫，只會簡單講兩句讓他們知道我安好，有時我更害怕別人的關心，其他人問起我的感受，我也只會答很好，沒有事了。

在別人面前，或跟別人溝通時，你或多或少都隱藏著一些感受，並不是你刻意避談，而是那些感受只會在一個人時才爆發。

當我跟自己溝通的時候，我會回想起由相識到分開的一點一滴，我自己做得好與不好的地方，曾經的快樂與失落，別人無法明白而你也無法完全跟別人分享；而每當你一個人回顧的時候，都會有新感受。

我最大的得著是，我愈來愈懂得坦然面對自己。對於受傷的我，我能像一個旁觀者一樣去審視自己，那是源於一次又一次的自我封閉，好讓我有空間去窺探我的內心，這也是一個整頓的過程。好多人都沒有好好認清自己的感受，只是訴說過得不快樂，走不出情傷，那等於生病了，做了很多實事來醫病，但弄不清病因的話，很快又會再病過。

我在失戀時感到傷痛的最大原因，不是出於憤怒、也沒有怪責，而是莫大的可惜。這段感情建立於青春至中年的階段，陪我走過人生很多重要時刻，經歷的事情及時間之長都是可一不可再，到了失去時，就是不捨與可惜，於是我循著這個方向去開解自己。不問任何人，只問自己，怎樣可以面對「可惜」？

我暫時從自我得到的答案是，失去固然可惜，但曾經擁有過幸福也是千真萬確，這刻雖然完結了，有很多憧憬也無法實現，但我所失去的只是將來，而將來是否跟從前一樣幸福，那是未知之數，我仍然擁有最甜蜜的過往，並且會帶著這份經歷好好生存。

感覺很正能量吧？但獲得這想法的時刻，正正就是我一次又一次於漆黑裡獨自哀傷的時候，始終只有自己才能安慰自己，只有自己才陪伴到自己。

所以走不出傷痛的你，需要尋找這個自我，認清原因，跟自我一起一步步走出來。

愛情回憶

失戀與回憶是離不開的組合。

我不但頹廢，而且封閉自我，還要沉醉回憶……

別人總說要把過去刪除，否則你會放不下，但我卻會一直看，看到沒感覺，看到不再恐懼，看到不再流眼淚。

回憶對我而言太重要了，是感情存在的證明。問題反而是回憶太多，我很想把所有對話紀錄、照片、影片都重溫一次，但數量卻多得實行不了。

我並不討厭這個懷念過去的自己，如果我很輕易放下反而奇怪。當我不斷回憶過去時，一切都只有甜蜜，但甜蜜不是這段關係的一切……那些爭吵與難過的畫面，我很想記起，卻感到很模糊了。

很少人會這樣做，但我開始覺得情人除了要紀錄快樂，更應該記住爭吵或愛得不夠好的時刻，那是為了看清整段關係，否則你會誤以為過得很幸福，直至對方告訴你真相時，你才如夢初醒。

我們用盡千方百計，想把回憶忘掉，卻總有蛛絲馬跡勾起你的記憶。

曾有一位分手的朋友跟我講：「相處十多年了，甚麼菜式都一起吃過、甚麼店舖都去過，就連世界各地都踏足過；吃甚麼、見到甚麼、去到哪裡都會想起他，我怎麼可以忘記到他？」

人腦不是電腦，要徹底清除，談何容易。

有人更會不捨地把前度的對話、合照、帖文等等，儲存在手機上或硬碟上，一直保留著，就像我一樣。

過去並不會過去，感情夠深、時間夠長、去過的地方愈多、面對過的經歷愈多，回憶就愈是無處可逃，處處都在。

就連一個人看電影散心，也會想起你們踏入戲院的畫面；就連坐公共交通工具，都會想起他跟你一起乘搭過，曾挨著、曾牽著、曾說笑著。

起初我也花盡氣力很想忘記一切，但發現沒可能之後，不如好好讓回憶存在心裡。

與那些多年來的喜與悲共存，即使回想起時，會笑會哭、會懷念、會傷心，都當成人生中一部分。

不要因為分開了就否定一切，反而會更痛苦。

忘記到就最好，但忘不了也不必強迫自己，兩人間是真的有快樂過，就值得記住。

因為在這些甜蜜裡，都有你份，都屬於你。

偶爾我也會想像對方的腦海裡是否仍保留那些回憶，還是早已把我忘記得一乾二淨。

有人說過人生會經歷兩次死亡，第一次是肉體上死亡，心臟停止跳動；第二次是被在世的人遺忘。那麼分手也有兩次吧，第一次是從此分道揚鑣，第二次是互相遺忘。那有可能嗎？對於第一位女朋友，初時我也傷心得死去活來，但現在完全沒有回憶的動力。

我不知道這次要多久才去到遺忘的階段，在那天來到之前，就繼續回憶，繼續沉醉，跟過去的自己說句：「你真的很快樂！」

或許在平行時空裡的那個我，依舊幸福生活著，依然相愛著，還是傻呼呼地過每一天，這個想法讓我的心又稍為好了一點。

為甚麼離開我

我頹廢、我封閉、我回憶，但我從來沒有問過為甚麼。

這條問題一點益處都沒有，只會令你變得糟糕，因為對方離開的原因，並不會是因為你太好。問為甚麼，不是理性在問病因，而是在埋怨為甚麼病的是我，為甚麼我要這麼辛苦。要記住，是沉淪失戀的幸福，不是沉淪失戀，這條問題不會帶來絲毫快樂，也毫無意義。

不停問為甚麼會導致自我否定。

失戀的人總會覺得，是否自己做錯了甚麼，條件不夠好？不夠有錢？外表太差？所以對方才會提出分手。

好想找出一個答案，甚至乞求對方一個解釋。

總覺得一定有個原因。

很幸運地我看到一個比喻，然後就釋懷了，沒有問過對方離開的原因。

當然這個比喻把愛情簡化了，但我嘗試用我的方法去演繹。

有一天，你很想吃麥當勞的魚柳包，一整天都在腦海裡想著要吃。

終於等到放工了，你就衝去麥當勞買。

一直以來買魚柳包都是幾分鐘的事，一定不會有甚麼問題吧，但你滿心期待，去到收銀員面前，他跟你說：「不好意思，魚柳包賣光了。」

當刻你呆一呆，然後你有兩個選擇。

一是買另一款包。

二是去另一間麥當勞，或者去第二間餐廳吃其他東西。

但你不會做第三個選擇，追問收銀職員：「為甚麼沒有魚柳包？可不可以給我一個原因？」

收銀員答：「因為今天真的賣光了。」

你再說：「我買了這麼多年，一直都有，今天特別想吃，竟然會賣光？

是不是你覺得我不夠錢買？是不是我外表太差？是不是我錯了甚麼，所以你不想賣？」

收銀員再次無奈地答：「不是的……先生，因為今日真的賣光了。」

套用到愛情，當對方不再愛你了，真正分手後，你都只有兩個選擇，一選擇另一個，二專心做其他事，暫時不談戀愛。

但失戀的人偏偏選了第三個做法，問對方、問自己為甚麼……

為甚麼一直相愛，到了今天你竟然不再愛？

你以為必然有一個大原因，但其實，可以跟魚柳包賣光一樣，這麼多年他都愛你，日日都愛，但某一天突然不愛了，只因為他的愛真的純粹用光了。

愛情是會走到盡頭的，當初愛上，也可以沒有原因，不愛了當然也可以沒有原因。

愛情可以因為一份感覺而開始，亦可以因為失去感覺而結束。

如果你問為甚麼是想反省的話，這樣做很好，但不是為了否定自己，而是純粹令自己進步及改變。

常常都有人說分手後要愛自己，其實這不是一件正能量的事，甚至十分負能量，因為你的最愛決定離開你，全世界無人再愛你，只剩下你自己一個，所以你才要對自己更加好一點。

把你愛人的耐心及關心，留給自己。讓你照鏡子的時候，不會再憎自己，不會覺得自己好差。

當你學懂善待自己，你就會善待世界，縱使這個世界仍然會令你失望，你依然生活在痛苦之中。但當你善待世界，別再因為受傷令自己變差，最後才會真正學識善待自己。

時好時壞

處理失戀情緒的過程不是一條直線，不是由起點跑到終點般簡單，而是一條不知道終點有多遠的曲線。

一開始我很冷靜，安然接受命運。非常理性地處理好分手的事宜，安頓好自己，以為慢慢會好起來，反而情緒才開始來襲。

分手後的幾天，我搬到了酒店暫住，行李都沒有拿，日用品及新衣物都是新買的。在酒店期間，就是我頹廢的開始，可是我卻避免了觸景傷情，也不用因為對方要搬東西走而左閃右避，完全沒有人打擾我，房間雜務也有人定期打理，是個非常好的沉思封閉空間。

而在這段期間，我間中也會去不同朋友的家留宿，他們比我本人更擔心我的情況，反而我有責任要跟他們交代我的情況。跟別人見面時我的情緒很穩定，但當我回復一個人，頭一個月常常都會不受控地哭起來，並不是想起了甚麼或看到了甚麼，而是身體對悲傷的自然反應。有時在午夜、有時在跑步機上、有時在坐車的途中，但我沒有克制自己不要哭，反而任由自己把眼淚哭光，覺得哭完就好。

不要覺得哭是軟弱的表現，也別定義為失敗的反應，與其假裝快樂地笑，不如盡情哀傷地哭，誠實地回應自己的情緒。

雖說時好時壞，但壞的時候還是比較多。尤其在我搬離了酒店，租了一個新單位時，我獨個兒由零開始，找合適的地方，買需要的傢俬，添置日用品，以往都有另一半跟我一起面對，但如今沒有。即使搬遷順利，回到空盪盪的家裡還是一個人。

有時打開大門後，會希望我的貓仍然存在，我會像以前一樣叫牠們的名字，跟牠們打招呼；有時我會幻想牠們感應到我的想念，在心裡問牠們過得好不好，記得多吃一點、多喝點水。

起初最難習慣的就是一個人生活，雙人床的旁邊沒有人陪你睡，打開大門沒有人在等你，買外賣回家也不再是買對方喜歡的然後一起品嚐。那段時間應該是情緒最低落了，簡直是心靈上的折磨。

我有能力去處理所有日常事務，但沒有力氣處理情緒，一點都沒有。由你醒來的一刻，便會知道那一天是好是壞，知道自己狀態不好，會拍拍自己的頭，跟自己說：「努力一點吧，辛苦你了。」

後來是怎樣變好？幾乎只是學會了共存，原來悲傷都會慢慢習慣，你很清楚知道自己是個不快樂的人，但還是要繼續堅持生活。沒關係的，你沒有傷害任何人。

人前，你要活得正常；但人後，容許自己盡情釋放悲傷。

或許你想祈求傷痛會自然消失。

但可能永遠都不會。

因為那是你的經歷，是你一生的一部分，是你需要學懂的一課。當你不再懼怕悲傷，就算它依然存在，但都無法再傷害你，你還可以很有勇氣地跟它說：「悲傷，你好！又來打擾了我嗎，但我明天很忙，速戰速決吧。」

時間會令你好起來嗎

千千萬萬句安慰說話裡，我最討厭那一句：「時間會令你好起來的。」

第一個原因是，那即是代表你無法做甚麼去變好，只能等待分秒過去，未免太被動吧……

第二個原因是，如果沒有呢？

時間彷彿是最後的治癒方法，是悲傷的最終解藥，但萬一時間都無法撫平一切呢？那就是跟一位病人宣告死亡了。更矛盾的是，「時間」需要時間來證明，但你當下的痛苦能不能夠等到那一天的到來？未等到已經活得很苦了。

或許，時間會令你好起來。這句說話的真正意思是，你慢慢找到了處理悲傷的方法。

我做過不同的事來釋放情緒。

第一件事，做運動。

當我回復單身的時候，立即去了附近的健身室報名，另外再打泰拳。只有運動是唯一令我提得起勁去做的事，而且還有實際好處。無論在情緒上或時間上，我都需要去抒發。我的失眠很嚴重，每到深夜我就去跑步，跑到累了，天亮時就能入睡了。

我大可以天天捧著雪糕、一堆零食，躺在酒店的床上大吃特吃，心情一定會很爽，但我需要的不是當刻的快樂。我知道如果在那刻暴飲暴食，幾個月後我一定會後悔。我需要規律的生活，於是毫無猶疑就去了做運動。

起初很辛苦，第一天跑了十多分鐘就放棄，但漸漸地習慣了，終於跑到五公里，然後十公里。時間速度不是重點，又不是要參加馬拉松，自己應付到就可以了。我記得當時很自虐，我專挑了一些聽了必哭的情歌，邊跑邊抹眼淚。但跑完了，汗與淚都流過了，心情就真的好了。看到努力有成果，也會有滿足感，運動是天下間最公平的一件事，你願意付出多少就換來多少，從來都不會辜負你。

第二，瘋狂購物。

我自小物慾都好低，以前有錢都會儲起，留來去旅行、結婚、買樓，我穿甚麼完全沒所謂。但失戀後，好想買一些令自己開心的東西，衣服、褲子、鞋、袋、手錶，我全都有買，任性地用了很多錢，幾乎是用錢去買快樂。

第三，悉心打扮自己。

跟買東西差不多吧，我以前很少花時間及心機打扮，有時間都努力工作、賺錢、做家務、照顧貓咪們……已經幾乎沒有多餘的空閒了。

還有，我覺得再不需要打扮。我跟另一半都相處了這麼久，男人的外表不太重要吧，如果哪天我突然穿得正式一點，對方反而說沒安全感。所以，頭髮跟衣著我都沒太理會。

朋友跟我說，不如你改變下形象吧，失戀在心入面已經足夠，不用露出一個「失戀樣」。

第四，認識新的人。

常常都說，治療失戀的最好方法就是識一個新對象，發展一段新戀情，剛巧我有朋友介紹女生給我，無論外表跟內在都很好，我亦有去見過一次面。

當時大概是分手後一個月，狀況非常混亂，根本不知道自己想做甚麼、需要甚麼，更加不用說投入新感情，跟另一個人生活。如果還未準備好自己，再發展一段新關係，只會害了自己又害了對方。

所以，我見過一次便沒有再聯絡，朋友再有介紹我都說不用了。

我也做過一些不太健康的事。

其中一樣是吸煙。我一向沒有吸煙習慣，但在情緒低落的時候，突然有不如試試吸煙的念頭，就問一位有吸煙的朋友，問他吸哪一款，便立刻去便利店買了一包。

沒有在乎健康與否的問題，都沒差了，但吸煙的感覺完全不是我想像中般暢快，我期望太高了，不是吸一口便立即變得快樂，吸了幾支便就沒有再吸了。

另外也會喝酒，一直以來都很少喝酒，為了睡得好點，就試試酒精的威力，後來很多時候做完運動，即使有多累都是睡不著，每兩小時就會醒一醒。喝酒雖然令我成功入睡，但醒來頭痛又累，都是沒有用的。

吸煙、喝酒，都停止後，我做了一樣比任何事更帶來衝擊的事，看精神科醫生。

事緣是，我有位患過情緒病的朋友，他跟我分享：「其實一個人每日應該是計算自己有多快樂，例如吃一碟好好吃的意粉，就加二十分快樂；但你每天都是以有多不開心去計算，持續一段長時間不開心，有必要注意下。」

他介紹了醫生給我，我又本著試一試沒差的心態去看看。預約成功那刻，反而心情頓時有點釋放，覺得終於有方法改善情緒了，是一份希望。

去到診所，我以為會好像心理醫生般聊天，我已打算敞開心房，把心事盡訴，但原來不是那回事，醫生簡單問我有甚麼困擾，似一般講述病徵，我說長期失眠及感受不到快樂，醫生就開給我安眠藥及抗抑鬱藥。

服安眠藥後真的很好睡，不用半小時便入眠。

但我內心其實很抗拒服藥，所以我只服過幾次便停藥了（這是不好的）。

自此，我看過很多情緒病人的分享，他們無法控制自己的情緒，常常都有想死的念頭。不是鬧脾氣那一種，他們一直有尋求幫助，想好好活下去，可是卻被情緒困擾著。

我明白到，情緒不是一件輕易處理的事。不是你說想走出失戀、走出情傷，而短時間就真的可以沒事。

所以，我理解到要花好長時間去處理，內心反而有所準備，不必要求明天立即感到開心，不必強求今晚要睡得好，我要長遠地解決問題。

這次失戀的傷痕永遠存在，改變不了，但傷痕有天可以變成另一個美麗圖案。

我每日都跟不快樂的自己講 It's OK.

這句 It's OK 很重要，令我會接納自己是個不完美、有傷疤、不快樂的人，而自己接納自己，比任何人的關心重要。

所以，走出情傷的方法，不是做了某一件事，就立即變好；而是做過好多好多事，加起來才會好一點，但儘管只是一點又一點，還是向著出口前行。

這條路的確好漫長，不知要多久才到終點，但無論如何…… It's OK。

接受失戀

終於失戀過後，我也終於接受失戀。

這一次的接受，不再是第一天那樣純粹知道自己失戀。

而是在經歷過頹廢、自我封閉、沉醉回憶、情緒時好時壞、做過很多釋放情緒的事情過後，我了解到失戀為我的人生帶來甚麼改變，我的心情到底是怎樣，我該如何去面對傷痛。

一個人回到家，我接受了孤獨，習慣了寂寞，學懂了與悲傷共存。

我比第一天、第一個月、第六個月時進步了，不是完全沒有事了，但我覺得自己正在好起來。

曾經跟另一半在一起九年，花了半年時間去開始習慣獨處，我覺得已經很及格。

我也對回憶有了新的看法。

放下一個人很難，回憶這麼美好，這麼重要；過往這麼甜蜜、這麼幸福，怎會不令人想念呢？

那份愛是千真萬確的、那份經歷是萬丈高樓、那些日子是承諾過的永遠。

令人沉溺的、懷念的、捨不得的，並不是那個離開了你的她，而是從前的甜蜜，從前那個還很愛你的她。

在回憶裡，大家仍然恩愛，那份甜蜜才是流淚的原因。所以，我要接受及放下的，並不是過往的美好，而是分手的殘酷現實。在對方去意已決、在對方愛上別人、在對方說了再見之時，她已經是另一個人了。

她不再是我腦海裏的傻瓜，她不再需要我的記掛，她也過著沒有我存在的新開始。那位我曾經把心意托付的人，已經不存在了。

當我回憶過去，就如看著一套愛情電影而已。即使戲中兩位主角愛得多轟烈，我都只是一位觀眾。重點是，不單是對方不存在，曾經的我亦隨之消失。

那個我，曾在她面前卸下包袱，放下心鎖，不顧形象地唱歌、扮鬼臉、說情話、裝可愛、亂放屁、鬧脾氣、笨手笨腳、流淚、生病、努力工作、快樂、傷心……一切亦可一不可再。

長痛是一輩子，短痛是一萬年，唯有忍著痛接受離別，才能笑著擁抱將來的幸福。

接受失戀後，我也是時候重整我的人生，要計劃一下真正地走出情傷。我無法準確地說出要多少時間，不像外在的傷口般有康復期，所以我要再給自己多一點溝通的時間，看清自己的新生活到底需要甚麼。

那刻的我深信，要再與別人好好談戀愛，就要先與自己談戀愛；自己覺得幸福了，才會感受到別人給予的幸福，才有能力讓人幸福。

/ 3 /

零碎的回憶就像非常凌亂的垃圾屋，
阻礙你行動之餘，
你也找不到你想要的東西。
斷捨離過後，
回憶被好好歸類及收納，
你重拾了活動空間，
不會再走著走著被回憶絆倒，
只有你想找它時，
它才會出現。

幸福清單，重啟！

雖然真正接受了失戀，但我不會說自己已成功走出情傷，那還很遙遠呢。我只能形容自己走在康復的路上，就好像一個腳傷的人，躺了幾個月病床，終於嘗試在行人路上走著，做著物理治療。

其實，怎樣才算走出情傷呢？是否再次談戀愛，才證明克服了上一段戀情的悲傷？

問題來了，有些人很快就再投入另一段感情，卻再次愛得焦頭爛額，原來還未放下；又或是保持單身就代表仍處於情傷嗎？觀念又未免太錯……所以，在屬於自己的人生再次感受到幸福，就是走出情傷的第一步，然後過去的影響愈來愈微，直至毫無感覺，這就是終點了。

我必需再次列舉人生的幸福清單。

過往我把幸福全都倚賴在愛情上，所有快樂都寄託在另一半身上，戀愛主導了我的人生，我生存的每分每秒就是想著怎樣令大家都感受到幸福，可以有好日子過。所以，失戀的打擊才會這麼大，整個世界都塌下來。

其實，人生沒有很多重新開始的機會，對於剛剛年過三十的我，青春已過但又應該不算太遲。雖然失戀不是一件好事，但向好方面想，我可以再次了解自己，給予自己最喜歡的生活，不用再圍繞著別人轉，重心放在自己身上。不過這先要經歷心力交瘁的過程，所以我才說沒有很多次機會，因為一個人未必能夠承受太多次傷害，未必有足夠勇氣接受重生。

就像玩育成遊戲一樣，我開始了這個新角色，要完成不同的任務，實現我的幸福目標。

運動對我來說仍是帶來幸福感的關鍵之一，外表已經不夠好了，唯有努力運動改善身型。如無意外，我每天都會抽時間去健身室，而運動的那刻我會覺得正在為自己付出。

回復工作也是必須的，頹廢了一段長時間，反而會很懷念工作的自己。回復一個人，工作壓力反而少了，因為我暫時沒有明確的人生計劃，不用煩供樓，不用煩結婚，不用擔心夠不夠錢用，而且時間也多了，不像以往一樣要爭取時間陪伴別人。

另外還要重整一下日常生活，把家裡執拾及佈置一下，雖然一個人住，但也值得一個好環境。然後，追看那些之前沒心機看的劇集及電影，以前跟朋友很少見，現在幾乎一星期見幾次，重拾了久違的友情感覺也不錯。

至於愛情方面，檢視了一下自己的心力，還未夠的話，就不列在任務之中，更要迴避一下，未撫平心裡的傷口，就千萬別隨意把心交付別人，一點都不能夠。

要完成以上任務，應該都要一段長時間，再有空閒時就探索一些新興趣或新活動，去一些新地方玩玩。

一切順利的話，生活應該充實得多，而且幸福全由自己掌握，這一點才是最重要，會由不習慣單身變成重新喜愛單身，原來最需要你愛的不是任何人，就是你自己。而你一定要喜歡新的自己，因為是由你一手一腳育成的。

無論如何，這就是你的新生活了。

愛情以外（二）

很多想走出情傷的人，只顧低頭反思愛情，但那是個死胡同，想得久了就要尋求愛情以外的答案，長時間停留原地永遠都走不出困境。

我最忘憂的一個階段，不是我沉醉回憶、不是發展新戀情，而是跟朋友一起玩新遊戲，我們幾個人玩到天昏地暗，由起床玩到睡覺，笑聲不斷，除了遊戲的攻略外，我幾乎沒有思考過愛情的事。

愛情事也不一定要用愛情解決。

很多情侶在相處久了以後，覺得感情變淡了，欠缺新鮮感，然後開始質疑兩個人的關係，其實變淡的或許是人生。你整個人生變得乏味了，愛情便隨之而受影響。

當我們專注愛情，計劃將來，無疑會面對極大壓力，最後把這份壓力帶回愛情上，影響感情。漸漸地，我們忘記了兩個人該一起享受生活，有著對方陪伴及支持而挑戰一下人生，做一些勇敢的事，兩個人要一起任性才對。

我們的愛情總被世界規劃，整天都為著那些愛情難題而苦惱，結婚買樓生小孩等等，本應要愛得盲目，愛情至上，現在卻愛得麻木，愛情已死。

有多少次你因為太忙太累而懶得約會，到現在終於可以休息，再沒有人會打擾你睡覺。

我的人生幾乎沒發生過甚麼特別事情，非常平淡，身邊的朋友常常都說笑：「你有很多事都沒做過，真的不知道你這些年來的日子怎樣過。」他們所說的事，例如聽演唱會、跟朋友喝酒、去野餐、去露營……等等。

一個人的生活可以很簡單，我有時會覺得我嚮往的這種日子，只適合單身。當對方離開了，我又過著平淡的生活，反而很自在，當傷痛漸漸散去，沒有愛情也不是一件壞事。

那些對人生充滿希望、過得一帆風順、幸福快樂的人，日子很容易過，每天都帶著喜悅的動力；像我這種對人生無特別大盼望的人，跟從著自己方式而活，日子也不如想像中難過。

放下愛情並不是逃避，愛得不夠好會影響生活；整頓好生活才去再次愛，不保證一生一世，但至少自己已經夠強大，去面對愛情的好與壞。

除了幸福清單外，我也趁著空閒跟朋友去聽演唱會、去露營、去體驗了很多從前沒機會嘗試的事情。不過當感受到這些活動帶來的新鮮感時，我又會想起，如果是以前的我們一同經歷，那有多美好呢，單是這一點就是未放下的證明。但現在的放不下，並不是後悔、不是痛惜，也不是可惜，只是一刻的概嘆。

這個世界上從未保證過快樂與幸福會永遠，那是人的追求，我們卻執著於失去的部分。

換個角度來看，只是我們能夠擁有的時間有限，假如一早說明你們之間的關係只有一年、五年、十年的時間，而你接受了，享受過當中的甜蜜，到了結束的一刻，儘管傷心，但那不是失去，只是歸還。

尤其是大家都知道，愛情的規則不是一分努力能換一分回報，不甘心只會苦了自己。生命的本質就是在倒數，而愛情也是生活的其中一部分，同樣由第一天相識起，就逐點逐點離你而去。

分手的最後對話

想一想對方的心態及處境。

你或許沒有跟對方溝通的機會，就像我一樣突然被分手，沒有說過再見，沒有再說一句。

坦白說，當初非常傷心的原因是我們無法好好道別。你說，哪有道別是好好的，大多數都是對罵得焦頭爛額，甚至大打出手，可是我的情況是，還記得那天我如常地吃早餐，如常地目送她出門，在出門前因著一些小事吵了幾句，她踏出那道門後，我就沒有再見過她了。我連她最後的表情都記不起，我很害怕她的樣子在我腦海愈來愈模糊。

有很多情侶分開時，縱然當刻吵架，但至少他們也經歷了道別的一環，經歷過對話，經過溝通才離開，但我甚麼都沒有，所以當初很難適應對方的消失。

我常常幻想，假如我們知道那次是我倆最後一次見面，由最親密變成最陌生，心裡的感覺又會否不一樣呢。我一直想像跟她有最後的對話，如果可以和平地坐下來聊一聊，會發生甚麼事呢？即使不會改變分手的決定，但會不會對彼此都好過一點？

直至我看到了一套劇集，終於有了答案。

故事是關於一對結婚多年，育有一女的夫妻，女的突然在深夜告訴丈夫有外遇，不再愛他了。

知道妻子變心了的丈夫，當下晴天霹靂，像瘋了一樣，不停追問對方是甚麼人、在哪裡認識、長甚麼樣子……等等。

這種反應很正常吧，但到了第二天，他坐在餐桌前，等待妻子起床，然後很平靜地跟她提出：「不要走，我們溝通一下吧，一起面對這次危機好嗎？」

丈夫不像昨晚般歇斯底里，苦笑著倒了兩杯酒示好，但妻子已拿著行李箱離開，無情地說：「昨晚聊過了，我決定了離開，我真的受不住跟你一起。」

男主角又開始激動，哭著跪地求妻子不要走，也失控地擋著門不讓她離開，不停喊著：「求求妳跟我溝通一下，我們可以修補婚姻的……不要走。」

女的沒有同情他，只覺得他很麻煩，一句都不想跟他聊。

當你看到男主角的卑微，你絕對不會想成為他，分手的最後一次溝通，你以為會很美好，但其實可能會令你變得很醜陋，或留下更大的傷害。

對方決定了離開，已經不單是理性決定。你的感性令她覺得，就算有多錯都要重拾自己的人生，不會留戀跪下來的你，就算你死在面前都換不到一份同情。既然如此，你又何苦哀求一場無效的溝通，何苦讓自己被唾棄多一次呢？

我並不想相信「當下就是最好的安排」的想法，但現在覺得，雖然彼此沒對話過，但這可能是我們把傷害減到最低的做法，帶著未知的遺憾，好過確切的傷害。即使當初有對話過的話，很大機會都是一些難聽的說話。

有很多感受，其實複雜得她也說不出來，只有一個不用多說，而又最重要的原因——她不愛了，一切就這麼簡單，就足以解釋了。

面對自卑的自己

前文提及過，自卑是我愛情路上的一大阻礙，心情變好了才發現不單是愛情，而關乎整個人生。

無論我怎去努力，仍然無法擺脫自卑的困擾。自卑的源頭太多了，我的外表、身高、性格、家庭環境、工作，以及人生仍沒有甚麼成功而又值得高興的事情發生，令我覺得自己沒有資格去愛人。

愛情的降臨，令我在這些年來稍為過得稱心滿意一點，畢竟有人愛也是一種自我肯定，有了對方，我也可以無視其他人的眼光，包括我自己。那段關係算是我覺得人生最幸福的事，而且用心去經營，雖然那是無法被界定的成就，但我當時覺得總算有好事發生在我身上。

對方移情別戀了，我的自卑當然回來探望我，像個老朋友一樣。但不是因為她愛上了甚麼人，那個人條件是否比我好之類，她跟有錢人或乞丐在一起都無影響我的自卑，它是來自我本身。

再次陷入自卑，使我很清晰地感到我無法再愛人，道理簡單如我只有五元，而愛情價值十元，買不起就是買不起，除非一天我不再自卑吧。

我無法想像自己再次戀愛的畫面，要跟別人慶祝紀念日、生日、求婚、結婚……我覺得自己已失去這些心思，重新開始實在太吃力，嚴重得假如有個條件很好的女生想跟我一起，我也無奈地拒絕。當你曾身處過一段幾乎歷盡一切、只差白頭到老的關係後，愛情已是可有可無。

然後，我開始細想，我為甚麼要戀愛呢？戀愛對我有甚麼價值？

很多人都曾經說笑：「如果我回復單身，重獲自由的感覺一定很好！」

但是，他們說出這句話時，當下一定覺得不會發生，分手很遙遠，就像期望中獎一樣，只是隨口一句。

但其實愛過一段長時間的人，通常都很難再愛。跟另一半在一起這麼多年，當中的生活習慣，簡單如吃飯、看劇集、睡覺也要重新適應。然後，很努力地重新生活，找回人生的節奏，卻無法重拾愛情的感覺，love disabled，就像我一樣。

我有問過自己，沒有愛情怎麼辦，人都會寂寞呀，但如果因寂寞而戀愛，結果只是更加寂寞。為了生命中有個人陪伴嗎？但很多情人相處得都不快樂，有名無實，那又有甚麼意思呢？

想要戀愛的感覺嗎？那麼真的很渴望愛情的時候，那就回味過去，當中的甜酸苦辣、高高低低，早已刻在腦海，想要甚麼感覺，都可以隨傳隨到，隨時喚起。

愛情可以很美好，我仍然同意，我也不是因為被欺騙而無法再信任別人那一種，而是當我回復單身，無論自己有多差勁，都不會再影響到別人，這種無牽無掛的感覺也不錯。

種種原因加起來，令我對愛情死心。能夠重新再遇上另一位當然是幸運中的幸運，但假如一直單身，不再談戀愛也沒關係吧，我依然可以過得很好。

愛自己吧

終於我也要學習愛自己。對很多人來説，那是本能，做自己喜歡的事而已，會有多難？

但在我而言，我反而習慣了愛人，對自己很差，連自己到底喜歡甚麼都不知道。你看，像我這種人，不了解自己，對自我沒甚麼要求，別人反而很難愛你。

所以，我要學懂跟自己談戀愛，某一天我照著鏡子時，突然覺得以前常常哄氹別人，照顧別人，為甚麼不好好對待自己呢？把自己當成自己的情人般愛惜，聽上去好像瘋了一樣，但真的有人從來都不懂愛自己。

把失戀比喻為交通意外，你在路上被一輛車撞倒了，在地上躺著，腳很痛且不停流血。撞傷你的人表示很抱歉，醫護人員正趕來為你治理，而旁觀的路人為你感到可憐，受傷的你痛得一直大叫、呻吟、痛哭……你的痛到底是怎樣，就只有你自己最清晰地感受到，就算是為你做手術的醫生，他都感受不到你的痛。

愛情路上的意外，到底有多痛，也就只有你知道，而無時無刻陪伴你的，就只有你自己，你要建立一個能夠跟自己溝通的自我。一開始，你會像認識一個新朋友一樣，腦海一片空白，到底要跟自己說甚麼好呢？但漸漸地你會看見自己的脆弱，發現自己終於表達到最深處的感受。

愛自己跟自卑並無抵觸，不是我多愛了自己就會少了自卑，相反，當我愈了解自己，反而對這個世界更加冷漠。除了相熟的朋友、小動物，以及一些我知道對方是好人的人，其他陌生人我一律不理會。反而那些陌生人會走來我身邊，跟我說三道四，彷彿比本人更清楚本人的狀況，而我發自內心地回答：「對不起，我連自己的感受都照顧不了，還要理會別人怎看待我嗎？」

容許我自私一點，人生到頭來連自己的感受都無法放在首位，會不會太悲哀呢，所以很難怪受傷的人會把自己封閉起來。人際關係實在太複雜了，遠離那些永遠不明白你的人，不必跟他們爭論，把時間留給自己就夠了，反正他們表達完自己的言論，茶餘飯後便不會再關心你，也不在意你的真實情況。

愛自己是一個終生課題，就算你再愛上別人，也要繼續愛自己，不要再次迷失，那是對自己人生的一個交代。

過濾回憶

是時候放下回憶吧，但那是不可能的，那就過濾一下。

甚麼意思呢？剛失戀的時候沉醉回憶，那是無邊際的重溫，亂看一通直至抱頭痛哭。那時候我無法逃離回憶，不是誇張，但我坐公共交通工具時會手震，避開人群，走到最後座或最尾的車卡，因為會想起跟她一起坐車的時光。

吃不下東西除了沒胃口外，亦因為甚麼菜式都跟她吃過，傻得想發誓不會吃她愛吃的食物，尤其是珍珠奶茶我以後一口都不會再喝。(可是現在卻喝了……)

最後是我很怕踏足以前住的那區，有個朋友住那裡，然後有次去他家看球賽，我們打算在附近的餐廳買外賣，我說想留在車裡，他們去買好了，因為我怕面對面碰見。又有次誤以為迎面而來的是她，我立刻頭暈目眩。

雖然朋友說：「見到又怎樣，怕甚麼！」但那是一件很恐怖的事，所以，當我搬家時，地點是最大考慮。我要搬去一個完全沒有她的地方，最後找到了，結果卻想著：「如果可以跟她來就好了！」不過我在那個新環境生活，因為知道她絕對不會過來，所以非常放心地，自由自在的走在街道上。

一方面我想逃離回憶，可是我卻保留著過往的一切，至今仍是甚麼都沒有刪除，我想我應該會保留一輩子，除非到了某個時候，那些回憶對我一點都不重要，可是我想像不到這天會在何時，很懷疑會否有這一日。

過濾回憶是，你仍然會回想過去，不過洪水不能再氾濫了，也不能任它隨時來襲，所以要建立一些防波堤，保護自己的大腦。

意思是，不會主動地再由頭看一遍，只是真的觸景傷情才拿出來回顧一下。就像我不會每晚再依依不捨地看著我為貓咪們拍的影片，而是在網上看到一些可愛貓咪，才忍不住打開手機的相簿。

已經很少再看合照了，不會再痴情地望著舊照，哭著說：「嗚……以前真快樂。」最多是偶爾太孤獨才重溫以往的甜蜜，但只會說：「嗯，幾有趣。」

就像搬家一樣，該把哪些舊回憶搬到新生活呢？這就是過濾的時候了，回憶也有重要與不重要之分。不是叫你刪除所有，而是如無特別情況下，只會回顧某一些片段而已。

不要輕看這舉動，零碎的回憶就像置身於非常凌亂的垃圾屋，阻礙你行動之餘，你也找不到你想要的東西。但斷捨離過後，回憶被好好歸類及收納，你重拾了活動空間，不會再走著走著被回憶絆倒，只有你想找它時，它才會出現。就如家人把你小時候的相簿擺在抽屜裡，不會每天都拿出來。

過濾後，我最常會回憶貓、不同的舊居、慶祝我生日……等等，由九年的回憶過濾成幾個時刻而已，雖然其他片段仍會偶爾閃現於我的腦海，但至少我不會再哭了。

又向放下邁進一大步！

她對分手的回應

每個失戀的人都幻想過對方過得怎樣，有些人更會想盡辦法偷窺前度的近況。

我最初當然也有過幾次經驗，一起生活了這麼多年其實都不必刻意去找，有很多日常細節仍有所聯繫，例如我還是常常收到寄給她的電郵。當你偷看她時，你心裡是想她過得好還是不好？坦白說，我在這裡沒必要講假話，我是由心而發希望她分手後過得好，並不會覺得甚麼離開我反而更幸福就把我比下去，也不會想她後悔。

這是一件好事嗎？愛比恨更難放下。

你憎恨一個人，你最多在空閒時看看他有沒有遭到甚麼意外，有沒有大病，家人仍否健在，你在等待一個報應，但時辰到了沒卻不由你控制。

但仍然有愛的話，你常常會有想關心的衝動，只是你沒有資格。剛分手的時候，因為她也有很多瑣事要處理，她也要搬家，雖然她有另一個人幫忙，但我還是傳了十多個關心的訊息給她，並不是想搏她覺得我人很好而復合，結果已讀不回也封鎖了我。

對她來說當然是打擾，我卻沒有後悔，因為那是我最真切的感受，不表達的話反而過不了自己。即使對方或其他人覺得我在死纏爛打、在演戲、不夠瀟脱、很難看，但不要緊，我知道自己在幹甚麼就好，因為沒期望過對方會回應。

對方過得幸福會令人難受，算是二次傷害嗎？那又不一定。如果你夠愛一個人，知道對方在分手後過得很糟糕，你反而會很心痛；但如果幸福呢，你反而少了一份擔心，可以專心安撫自己。

朋友常常都跟我說：「你不要再留意她的一切了，不關你事，如果她跟別人過得好的話，而你仍停留在過去，那就很不值得了。」我答：「我沒有掛念她呀，純粹討論一下而已。」其實，假如你的內心真的仍很關心對方，那是你關心自己的一種方式，你不是在討好她，而是滿足自己對愛的表達而已。

代入她的角度想像，我只覺得她選擇離開這段經歷多年的關係，需要很大勇氣之外，應該也真的很厭倦，別人所帶給她的快樂足以令她決定分手。假如跟我一起是屈就的話，我已不是她理想的另一半，不能帶給她理想的愛情，某程度上都要感激她擔當踏出這一步的角色，否則大家只會互相折磨。

由戀愛開始，沒有人會想過該怎麼去分手，甚至不覺得會有這一天來臨，就像年輕的你也不會現在就計劃好身後事。但當有一天，你發現不再愛身邊的人，請以最低傷害的方式來告訴他。曾經深愛過多數都很難好來好去，愛得愈深，分手的傷害也愈深，但坦白是最後的尊重。

最近一次，意外地看到她的近照，但看到相中人居然有份陌生的感覺，明明樣子一模一樣，笑容也差不多，但她不再是回憶裡的她了，再沒有讓我想關心的感覺。

我反而不喜歡這份冷漠的出現。

朋友的陪伴

我從前非常沉醉在二人世界，戀愛後就很少見朋友，有了自己的愛情、婚姻、家庭，就不得不把友情放在人生較後的位置。

我的好友們是四位男生，在我分手的當晚，我跟他們說想離開家裡，其中一個立即幫我訂了酒店，然後在翌日所有人都放下了工作、放下家庭來酒店陪我。

他們都很擔心我的情緒，我暫住在其中一人的家裡，然後他們會輪流陪我吃飯，最記得有次我躺在梳化聊天，累得有點睡意，然後我跟朋友說，你先回去吧，但他卻說看著我睡，陪多我一會。

寄人籬下的生活維持了半個月，去了不同朋友的家，有一晚我睡在別人的梳化上，感概得哭起來。以為終於結了婚、買了房子，事業開始發展得不錯，辛苦了這麼多年終於可以踏入幸福階段，結果她離開了，我除了失去愛情外，還有損失了金錢及將來，夢想成真後卻在一夜間打回原形，要重新開始。

所以，失戀以外，我本來對夢想及事業仍有很多追求，但由零開始實在太難走下去了，其他人已經拋離我很遠，我也再沒有青春消耗，於是我看化了，不跟任何人比較，按自己的步伐繼續走完自己的人生。

朋友的陪伴比我想像中重要，我常常都叫他們不用擔心，因為怕阻礙他們日常生活，不想麻煩別人，但他們叫我想一想，換轉是其他人有事，我都不介意陪他面對悲痛，這麼重要的關頭怎能置諸不顧呢。

愛情的孤獨、事業的寂寞，換來了滿滿的友情。正因如此，我才不懼怕單身生活，雖然朋友始終會忙碌，但還是那一句，除非遇上合適的人，否則隨便找個人陪伴，也不是有價值的愛情吧。

而且，陪伴從來都不是一件簡單的事。先撇除物質來說，兩個人的相處每天都是挑戰，生活細節會引起紛爭，壓力令情緒變差，或是很多不知名的因素令兩個人都過得不好。

要戰勝感情會隨著時間愈來愈淡，願意甘於平淡；也要抵抗其他人的引誘，做一位專一的情人。以往當我還處於幸福的狀態，我會以為那是一件很平常的事，但自從回復單身去看這個世界，聽著身邊人的愛情經歷，才發現真正能夠幸福的情人，十對可能只有幾對。

重點是真正的幸福，兩個人無論過了多久，都一如以往地聊心事、期待約會、不在身邊時想念對方、依然能夠掛著甜蜜的笑容。並不是每天看到大家就討厭，對方做甚麼事都不滿，只因為不想離開而繼續一起。

我在其中一位已婚朋友的家住了一晚，我看著他們甜蜜地互動。最令我深刻是，男與女的興趣非常不同，一個喜歡追星，一個喜歡模型，但他們很尊重對方的喜好，而且還會主動了解及分享，如朋友一樣。他們也經歷過很多，而我在他們身上了解到，有些幸福是我在愛情裡一直都欠缺的。

也令我開始覺得，從前的並不是真愛，時間長短不代表一切，即使有愛但並不完整。

仍然孤獨

孤獨有分不同階段，亦是一寫再寫的原因。

階段一是孤獨令你非常痛苦，就是剛剛失戀至頭兩個月吧；階段二是開始習慣了孤獨，減少了痛楚但依然存在，狀態時好時壞，五十五十。

而階段三，就在我失戀半年後(因人而異)，就在這本書由第一頁直到這一頁之間的經歷，已是一個共存的狀態，我知道孤獨的存在，但孤獨無法再影響我了。

可是我想了很久，我事業又回復了，朋友又常常陪我，生活又充實，怎麼怎麼怎麼仍有孤獨感呢……

唯一答案是，沒談過戀愛還好，但一經歷過愛情，一經歷過失戀就回不去了。單身跟母胎單身是有分別的，嚐過當中的滋味，覺得味道不錯，就會間中想再吃。或許愛情才是世間裡最令人上癮的事，要戒掉亦要經歷疼痛難捱的煎熬。對愛情死心如我都這麼痛苦，仍然渴求或需要愛情的人必定更加難以對抗，他們可能一直停留在階段二，甚至階段一。

所以，說了這麼久，源頭還是愛情嗎？一天不消除或擁有愛情，就無法令孤獨消失，單身就是原罪？

我找不到答案，所以停留在階段三。但階段三已算是不錯的狀態，我只是會感到孤獨，但依然生活正常，它的存在跟腳毛沒有分別，會長出來都是身體的自然現象。最理想的階段，應該都只是比例上的改變，九比一吧，等於絕少會感到孤獨，但這種情緒似乎無辦法杜絕。

但至少，孤獨已經跟情傷脱鈎，沒有新情人跟被前度影響是兩碼子的事。新的孤獨感來自新的生活，舊情已是上世紀的產物了。所以，在我們覺得好了起來，但仍然孤獨的話，都千萬別覺得自己有問題，最怕是錯覺仍被對方困擾，胡思亂想，便再一次陷入情傷之中。

又其實，或許很多人都沒我那麼傷春悲秋，我發覺是自己把孤獨看得太重，別人上班下班已經累得像頭狗，跟朋友玩樂吃飯，回家已倒頭大睡。他們也會閃現一刻的孤獨，但其他感覺或其他事情已淹沒了孤獨。

但如果你也跟我一樣情況，我們應該要向上述的人學習，別再把孤獨掛在嘴邊，它只是夜裡遠處的一道閃電，劃破一下你的長空，而你躲在心房裡很安全。

順帶一提我是雙魚座，很信星座的朋友就會知是甚麼一回事。

戀人已死

好了，捱過了這麼多悲傷的日子，終於由失戀、接受失戀、到戀人已死。幾乎是走出情傷的尾聲，一個重要的階段。

有沒有想過，你放不下從前，其實你掛念的不是對方，而是以前的自己。我會很懷念當年對愛情充滿熱誠的時候，覺得找到對的人實在太幸福。由同居開始一手一腳佈置，感受到組織家庭的感覺，一起煮飯洗碗做家務，在兩人的小天地聊個不停、傻笑過亦痛哭過，大家都很擔心會失去，因為得來不易，所以好好珍惜。

搬過一次又一次家，我們的愛變得成熟了，生活變穩定，卻不像年輕時只顧熱戀，有其他事會影響感情，不過每天放工回到家裡一起吃飯追劇集、在早上睜開眼、在夜裡相擁著，灰暗的世界頓時繽紛起來。

過往的我所追求的太簡單，以致於愛得太安心，但我喜歡那樣簡單的自己。當時的我一步一步追求理想的生活，只是沒有人告訴我，我口中的幸福只是片面之詞，原來只有自己沉醉幸福，也沒有人警告我，她已心淡了，再不改善就會離開。

但後來，始終保持著專一不變的心就會自然地再次努力地愛，我以為又再回到最甜蜜的階段，單是終於忙完可以好好約會已叫人期待萬分，可是現實卻在那時呈現出最傷人的畫面。

縱使如此，我也從沒悔恨過擁有這段愛情，得到的比失去的多很多。就如很多愛情電影一樣，明知結果如是，人生重來我都會同樣選擇遇見她，跟她首嚐同居、跟她養第一隻貓、我終於考到車牌時她坐在我首輛車、跟她去那些冷門的國家旅行、跟她看每一套神劇。但不要再讓她陪我捱窮、不要再讓她陪我追夢、不要再讓她在生病時沒有人照顧、不要再忘記每天跟她說我愛妳、不要再忘記她是我的最愛……

女的曾經問過：「你會不會有一天不再愛我？」

男的堅定回答：「除了妳之外，不想再愛其他人了。」

男的某天說：「如果我有做得不好的地方，請告訴我，為妳去改。」

而女的卻說：「放心吧，在我眼中，你永遠都好。」

以為會一生一世，以為離別會在很遙遠，到白頭老去的那一天，但原來，離別就在一剎。

除了要跟她告別，也要跟從前那個我說再見，真正的放下是戀人已死，那個深愛她的我亦要隨她而去，這才是一個完整的結束。但不必擔心，假如本質沒有變，總會再次找回那個熟悉的你。經歷過悲傷而重新站起來後，你會變得更強大，而且會有一顆更善良的心。只有喜歡上新的自己，享受新的生活，才能有個新開始。

要由第一天走到戀人已死，並不是看一本書的時間，幾日至幾年不等，而我則是半年。身邊很多人都支持著：「這麼快就重新振作，還要鼓勵別人真的很堅強。」可是站起來後要怎麼繼續走下去，仍是充滿未知的大長篇故事。

看著舊合照，不僅是她變得陌生，就連擁著她的我都模糊不清。在你的新人生裡，回憶不再是捨不得放手的想念，而是盛載遺憾美的傷疤。

一個人平靜地過日子。

/ 4 /

現在的我已經再聽不到心碎的聲音了，
因為已經換了另一顆心，
掃走了滿地的碎片，
而這顆心或許不如以前般強大，
但至少正常運作，
不用怕突然心臟病發。
愛情無法被綑綁，
曾經被你所捧在手上的心，
即使你有多珍惜，
都可以隨時消失。
但你自己的心，
永遠都存於你的左邊，
為你跳動，
感受你的喜悅，
感受你的傷痛。

關於二人世界

從前的我非常嚮往二人世界，甚至覺得愛情最幸福的狀態就是每天都黏在一起。

當時我的人生是圍繞著她而生活，由於我多年來都在家工作的關係，我的副業就是照顧她的起居飲食。她每朝起床時，我也跟著起來，然後她做那堆準備出門的事，我就煮早餐及咖啡，她吃完便一起出門，我會載她上班。獨自回程，然後餵食家裡的三隻貓，陪他們玩一會便開始工作，直至她下班，我就載她回來，一起去買外賣或買食材做飯，晚上便一起追看劇集直至睡覺。

基本上，多年來的日子都是這樣過，她想吃甚麼、她想去哪裡、她想有甚麼節目我都盡力安排。

朋友常常都質疑地問我：「其實你生活得快樂嗎？」

當時我不明白為甚麼會有這條問題出現，我很享受每天的日子呀！那是夢寐以求的幸福時光，簡單又甜蜜，一輩子不就是平淡地生活嗎？只因為我們同居多年，而且她不能離開貓咪們太久，所以留在家裡的時間很多，覺得外出約會來來去去都是那樣子，所以不像其他非同居的情侶般，要去其他地方約會才可見面。

到了現在，我終於明白朋友的質疑，以及二人世界其實不應這樣無時無刻都在一起。兩個人除了生活上的陪伴，還需要有質素的溝通交流，是情人也要是靈魂伴侶。像我以前那種相處，愛情變成了生活習慣，儘管還是會有些小情趣，但都會單調乏味。

情人們的獨處時間其實非常重要，除了要有私人空間來思考及整理思緒，讓自己的情緒處於健康的狀態，我們個人方面亦要有所追求，好讓自己保持及提升自我價值。就如懂得愛自己才懂得愛人一樣，我們要有所增值，才可以在二人世界時帶來新的交流及互動，才可以保持吸引力。

情侶是一加一等於二，大家都聽過，但我們變成二之後，總會忘了維持自己的那份一。不能過於則重了誰，否則便是零點五加一點五，如果你失去了自我，更是零加二，當對方離開了，你便甚麼都沒有了。

當初你能令對方著迷，必然有你的優點，但當你過分投入愛情，你會變了另一個人，漸漸變得不可愛，忘記自己當初的模樣，忘了自己的興趣，忘了人生的追求。

即使你的人生有了對方，說到底那也是你的人生。

當一個人太沉醉戀愛，也很容易失去理智，對方的一舉一動都會牽動你的情緒，相處也會愈來愈有壓力。

別擔心對方有了獨處時間，便不再理你或少了陪你，陪伴從來都是質素行先，讓雙方先成為更好的自己，便會成為一個更好的戀人。如果自我價值太低或情緒太凌亂，就算帶他在旁，他都無法好好去愛。

我以前所嚮往並沉醉的二人世界，正正令我失去了自己，漸漸地對方都會覺得我沒有趣味，處理生活的瑣事只是基本，還需要更多有深度的交流才可讓幸福走得更遠。不會再擔心愛情少了熱情、少了刺激、少了新鮮感，當你的人生有了新衝擊或新挑戰，你就可以把新感覺帶進愛情裡，就像會持續更新、有變化、有新體驗的遊戲或應用程式。

最理想的愛情，現在對我而言，並不是任何的承諾、身份或佔有，而是遇上一個人讓你可以擁有愛情之餘，大家也可以隨心地做自己喜歡的事，可以交流、可以分享，不會怕溝通，會尊重對方的喜好，愛人但不會失去自己。

情人不是要每天都愛如昨日，而是每天都是新的一天，總會發掘新的浪漫，才是真正的二人世界。

關於永遠

永遠是個未知數。

可是每對情侶都講過永遠，以致我們都有種錯覺，就是時間有很多。

永遠的相反是當下，正因為我覺得還有這麼多的日子，我不太愛在當下，也不太及時行樂。因為忙碌，因為金錢，我的愛也迫著要節儉。我以為這天先選擇休息、這幾個月先專注工作、這年先不慶祝……以後還有很多機會。

我遇過一個女生，她好怕男朋友跟她講永遠或一輩子之類，我說都是一句好聽的說話而已，很多女生不知有多想對方願意講永遠，但她就是抗拒，認為永遠總是令人失望。

我以前也常常說永遠，從心底裡有著愛一輩子的打算，可是現在不會再多說了。

在我分手後，有位六十多歲的老闆跟我分享，婚姻維持了三十多年，但最近也離婚了。兩個人由年輕捱到了過著中產生活，正打算退休享受老年的二人世界，每天喝茶散步。我問他為甚麼離開，他說妻子愛上了另一個，都是六十多歲的男人，她跟丈夫說：「我重新感受到激情。」

老闆當然當然很傷心，妻子反而跟他說：「你也感到悶吧，這麼多年。」老闆一點都不覺得，但接受了大家和平離婚，兩人的感情各有新發展，但現在仍跟前妻一星期喝一次茶。

我問：「為甚麼還見面呢？她想復合嗎？」

他答：「相處了三十多年，佔人生一大半時間，習慣一時改不掉，接下來還有幾多日子都不知道。」

這個故事不是虛構出來的寓言，而是真人經歷，對我的衝擊很大，也令我看破了時間根本不代表甚麼。我曾經執著於相識九年，但別人三十年的安穩亦如是，說完就完。幸福的片段當然也有，但我只是相信我現在的感受而已。

當然一段正常關係應該以一輩子為起點及終點，但永遠實在太遠，沒辦法預計兩個人會發生甚麼事，有甚麼改變，那段關係到底可以維持幾耐。

所以，不如以後貼地一點，現實一點，不要說永遠愛你，而說這一年、這個月、下一次見面好好愛大家，為對方傾盡愛意。犧牲半點言語上的浪漫，換來實際上的真愛以待，實際一點不是很好嗎？

因為愛好每一天，加起來就是永遠。

關於信任

信任是無法勉強的東西。

不是每對情侶都存有信任，或許因為某一方曾經受傷、某一方曾經做錯過事、某一方天生就欠缺安全感。他們會常常明查暗訪對方的手機，要求對方報到，又或者直接監察對方的位置。

以前我覺得被監察的那方不介意就算吧，但若然沒有信任存在，兩個人的關係始終受影響。先不說怎樣建立信任，但對方若然要欺騙你，無論你做甚麼事都無法阻止，但一個聰明的騙子又怎麼會受基本的檢查方法所限制呢，不過笨的騙子也存在不少。

其實，不信任自己的情人也是一件痛苦的事，你可以提心吊膽一輩子嗎？你有多少心力去撕破對方的謊話？九十九次沒事，第一百次出事；

一年沒出問題，十年後就瞞你；做了二十年好好先生，可能就在二十年零一天受到引誘，瞞騙跟永遠一樣，充滿未知數，只要一刻出錯便摧毀一切。

情人的定位不應該是監察、管制、控制另一個人，這樣相處實在太沒意思。我知愛情世界真的太恐怖，令人感到不安也很合理，但這也是一種考驗，隨遇而安，不幸地真的受傷了也只能當上一課。

如果你真的無法信任那個人，無法放心地愛，也是一種煎熬，你要考慮的不應是該不該偷看手機，而是這個人適不適合你。若然沒有一方有不良紀錄，而是純粹地天生沒安全感，那麼經歷過溝通，合理地採用些實際方法，但在之後的日子始終也要學懂信任，一個無辜的人不代表要赤裸示人。

雖然無法知道哪一種人較多，但世上有出軌的人，同時亦有專一的人。到底是甚麼原因驅使他們能夠抵禦偷情的快感，在一段關係中安安份份？

他們當然在腦裡有幻想過偷情，但也幻想過偷情的後果。擁有的已經太多，有家庭、有事業、有小朋友。他們不想因一時之快而失去建立多年的人生。身邊的另一半為自己付出了很多，比起「性」更重要，不想令對方傷心。

也有很多人沒有做壞人的勇氣。他們覺得偷情跟殺人沒有分別，的確也是，兩者都是被人所傷，只是一個是身死，而另一個是心死，都是在某個人的生命裡消失。

出軌的激情也可以被取代。很多人放工回家，只是想追劇、看電影、看書、打機、砌模型。「偷情這樣刺激的東西，不了！」每天已經累得只想躺在床上睡覺。生活很平淡，卻滿足於自己的興趣，已經很足夠。

最重要的一點，專一的人從來都懂得避免自己陷於引誘。不會跟異性曖昧，沒有開始第一步，就不會有接踵而來的情節；不開始對話、不下載交友軟件、也不會隨意跟人調情。

換個角度再說，偷情的人是明知故犯，沒有借口可言。他們是明知自己做錯，明知會讓人受傷，也把人當成傻子般隱瞞。如果把出軌的原因諉過於人，更是賤中之賤，例如甚麼性生活不滿足、對方太忙陪不了自己、因一時好奇……之類。

偷情的人不是蠢人，不是被迫的，而是他們的親身選擇。

關於愛與被愛

在一段感情裡，總有一方比較愛，而另一方接受愛。假如兩人都恩愛甜蜜的話，這種感情狀態不是問題，有時你愛我，有時我愛你，完全正常。

但如果是，兩人的愛已經過了下限，只有一方過度付出地愛，而另一方則以可有可無的態度，覺得理所當然，又或是根本不愛卻想對方在身邊，等待分手而已。這種情況，你會選擇愛還是被愛的一方？

一聽上去，當然是被愛的最幸福吧，甚麼都不用付出，就能換來對方的關心與照顧，還可以恃著對方不敢離開而亂發脾氣或要求多多。但其實，不懂被愛是一種痛苦，因為他無法真切地感受愛。他會覺得煩厭、他會覺得對方只是個笨蛋、他會覺得擁有是必然。愛是一種折磨。

而愛人的那方，雖然很傻，但生命中有一位自己喜歡，可以為他默默付出的人，是一種幸運；雖然很笨，不會被欣賞，卻也有幸福的感覺。付出，都是感受愛的一種形式。

到了某天，他愛得累了，終於明白再愛下去只會讓自己受傷，忍著痛苦離開。而被愛的，終於嘗到失去的滋味，或許很後悔，或許真的一點都不在乎。但無論如何，對雙方都是一種解脫。當遇上了另一位，可能身份將會對掉。

要在兩者選一，我會選擇愛人的那方。即使自得其樂，也算愛情；但被自己不愛的人愛著，只有同情。

最理想的狀態，當然是兩個人確定真心相愛，超過了愛與不愛的底線，然後感情的高高低低都是打情罵俏，大家都感受到愛，也懂得回應對方的愛。好像很簡單對吧，但遇到這樣的伴侶並不必然，由遇上到相愛，再學習相處，敵過時間，捱過磨合，還依然有愛存在，依然每天都想見到對方，那是非常難能可貴的愛情了。

然後，男與女的愛與被愛又有分別。

在追求女生的階段，男人會想：「到底她會喜歡甚麼呢？」

然後，以女人喜歡的方式，去哄她、去追到她，做出很多簡單但又窩心的事，而且還非常重視女人的感受。女人被感動到了，決定跟男人在一起。

然而，男人的戀愛就開始出現變化，不是變得不愛，而是由女人想要的方式，變成了男人覺得對方需要的方式。貼地一點來形容，就像很多男人都為事業打拼，賺錢買樓，想給女人一個安穩的將來。

怎料，為女人拼搏，犧牲了約會的時間，以及相處上的甜蜜，她卻竟然說：「我不是要這些……我只想你在我身邊。」這就是女人想要的戀愛，卻不是男人的浪漫。即使為了將來拼搏，但也不能犧牲當初令她窩心過、感動過的甜蜜舉動，因為就是那顆初心，她才會愛上你，並不是你很努力工作而愛上你。

愛與被愛以及戀愛的方式，都是不停在變，並不能只懂以一種態度面對一輩子的感情。

關於捱窮

一段由零開始的關係，當中的苦與樂，只有當時人才懂，而生活富裕的人覺得，沒有麵包的愛情實太天真。

在二十多歲左右的階段吧，他們還不講條件，覺得有愛就夠，打工賺來的錢，就用來約會。偶爾會吃好點，一年去一兩次旅行。但窮小子開始自卑的剎那，是見到別人可以給女友的，實在比自己多太多，而自己只有愛情養活對方。

他告訴自己總有一天要爭氣，也可以跟別人一樣令她幸福。

但努力都需要時間，而在這個奮鬥的階段，她總是鼓勵他：「我相信你，你可以的。」

他只能以微笑回應她的窩心，但他的內心還是很愧疚，她跟我一起真的幸福嗎？住大一點，吃好一點，旅行去遠一點，不是更好嗎？日子難捱，但時間亦過得很快，兩個人樂在其中，默默努力換來了愈來愈好的生活。

二十轉眼三十，窮小子亦不再窮，但當他能夠用物質養活她的時候，卻失去了愛情。

兩人的距離反而遠了，不再像一起奮鬥時般親密。原來，住在較大的屋子裡，卻不如當天的小窩居裡的溫馨。你換了車，載著另一位女伴，但你的心底仍不會忘記，那輛掛著新手牌的舊車，她陪你第一次戰戰兢兢出車，在停車場泊車都花了一個小時。在一間高級的日本餐廳，吃著最貴的廚師發辦，而你卻懷念在無數個晚上，為著不同的原因慶功，跟她吃著半價的壽司盤。

一段關係不是因為金錢而開始的話，結束也不會只因為金錢。在愛情裡，錢從來都不是最重要，還有太多的細節。

但他已經失去了窮小子當日所愛人的勇氣，也被同化了，認為沒有麵包的愛情實太天真。不想讓其他女生走一次以往的經歷，所以寧願自己吃著麵包，懷念愛情。

窮小子值得幸福嗎？或許窮小子才能感受到最純粹的幸福。她最不想見到的是你的灰心；而最令她幸福的，就是你的信心。而當你真的成大器後，就要努力保護這份寶貴的愛情。

可是，我對捱窮的觀念改變了。

我以往當然也有很多捱窮的日子，當時我們有共識：「就算沒有錢，我們也可以幸福的，簡樸地一直生活下去！」

然而，兩個人一起努力的觀念，也會很易令人忘了情人還是要寵的。漸漸覺得對方的付出理所當然，兩個人一起努力嘛，那就別抱怨了。男女也好，也會錯覺對方很堅強，但當付出再換不到愛惜，那麼辛苦還值得嗎？

踏入三十歲後，對我個人而言，你不會再希望對方陪你捱苦，已經過了那個青春時期。

如果是由年輕捱起，除非家境很富裕，否則捱一些時間是一個正常的起點；而三十歲後，成功與否都有了初步定案，我自問條件不好，所以選擇單身，不害人了，讓別人有更幸福的機會。

我知這樣想很錯很世俗，但那是我面對現實的無力感。

關於開展一段關係

速食的世代，我們都不太懂得怎樣開始一段關係。

不少男男女女跟我說，常常很快開始又很快結束，對愛情感到無奈，我問其中一個她，有多少次戀愛經驗，她說十多次吧，而她大概二十三歲左右。我再問她，妳是否很快就會開始在一起？她答我通常一星期內。

在甚麼途徑認識雖然都重要，但問題重心不在那裡，而是一星期是否足夠認真了解一個人呢？她的例子其實不算極端，很多人見一、兩次面就說很愛很愛，我不排除當中有《愛在黎明破曉時》的浪漫邂逅，但深信大多數都是單憑外表及感覺，不太差就試愛一下吧。一見鍾情很常見，但怎樣發展至決定在一起，那有必要細想一下。

然後，那個女生問我，那怎樣才知道他是對的人？

我答至少多見幾次，相處一個月以上，有足夠時間了解對方的性格及想法，雖然時間不是絕對的保證，卻是個最客觀的因素，讓自己及對方多些空間去做決定。而且那個女生不太知道自己喜歡甚麼對象，都是感覺為主，我建議她可以列一些條件出來，當然有很多人身邊那位都不是理想型而又很幸福，但至少可以讓自己有個參考。

雖然對愛情不再存太多希望，但我依然確信Mr. & Mrs. Right 的愛情力量。若然對方是對人的，無論兩個人的愛情裡，發生任何負面的事，前路有多困難，兩人都會很自然地走下去。例如對方不是一百分情人，大概只是及格邊緣，有時候差到只有零分，但就是很愛他，不會想分手，甘心接受關係裡的苦。就算有爭吵，都一定會找到解決方法。

那麼，所以找到了Mr. & Mrs. Right，就可以盡情地差嗎？那就等於有了天份，是不是不用再努力一樣的。這是快樂不快樂、幸福與否的關鍵。有了相愛的Mr. & Mrs. Right，假如你再願意花點心思付出，願意積極去維繫，那就是完美的愛情了。

怎樣開始一段關係，已經為整段關係定性。你認真的話，對方未必怠慢；你隨意又隨性，對方覺得也可有可無，沒有太多感情基礎，稍有不合便分手，不痛也不癢。

我很理解遇上另一半的困難，尤其年紀愈大，就愈心急，會怕錯過，會怕考慮太久令對方沒趣。寧缺勿濫還是寧濫勿缺都是個人選擇，而認真與不認真的態度同樣都會愛錯過人，有個心理準備就夠了。

如果你一心只求一段安穩又長久的關係，慢慢來反而比較快。愛情並不是要一口氣衝到終點，兩人可以慢跑、可以散步，也可以一起坐下來，靜靜看著身邊的景色，以溫柔交換溫柔，以耐心回應耐心，真的喜歡了便倚靠在對方的身旁，牽起手踏上你們的跑道。

是很老派，但老派有老派的價值。

關於心碎

傷心有很多種程度，小則隱隱作痛一下，嚴重一點會扭作一團般刺痛，最傷的莫過於心碎。

心化為了碎片，散落在你的腳下，當你低下頭時，總會記起那些零碎的記憶。

有一次，買了一些日用品回家，想起家裡只有我一個時，我又聽見了心碎的聲音。

然後，我不禁地想：「為甚麼情感上的痛一定是心？不可以腦痛、手痛、腳痛、腎痛、胃痛？」

腦海浮現了幾個答案，生物學一點，心是輸送血液的器官，傷了人就幾乎會死，但腦袋不也是嗎？

感性一點的答案是，把回憶記住的地方不是腦袋，而是心。兩個人的回憶都藏在心裡，所以當你想起對方時，心裡就會隱隱作痛。

但這個解釋，還不至於心碎的程度。

當我在日常生活中，再因為不同的情境而聽見心碎的聲音，碎了又碎，我就知道為甚麼了。你投入一段感情時，就是把心交給了對方，希望對方會好好照顧，互相關心及珍惜。可是，當對方決定把心交還給你，你把這個已滿佈傷痕的心安放回自己的左邊後，獨自生活，漸漸地，這個心就會順著傷痕裂開，直至整個碎掉。

不僅是回憶而已，心碎了是情感上的死亡，你對甚麼事情都沒有感覺，你會懷疑自己為了甚麼而生活，甚麼時候才可以重新過日子，重新感受到快樂。

你以為時間過去，心已修復得七七八八，生活正常，也可能已有新的對象，看似已經沒事了，你也相信自己沒事了；但在某個時份，「叮」一聲，你又再聽見心碎的聲音。

一遍又一遍。

不是每個心死的人都可以重新振作，或許要等到另一個人，值得你再把心交出去，而他懂得好好珍惜，不會再讓你心碎。

現在的我已經再聽不到心碎的聲音了，因為已經換了另一顆心，掃走了滿地的碎片，而這顆心或許不如以前般強大，但至少正常運作，不用怕突然心臟病發。

愛情無法被綑綁，曾經被你所捧在手上的心，即使你有多珍惜，都可以隨時消失；而你自己的心，永遠都存於你的左邊，為你跳動，感受你的喜悅，感受你的傷痛。

關於吵架

最容易令情侶分手的原因，不是衝擊人生的大事情，而是日常中的小事。

先講大事件，面對重大的問題，大家反而會有共識要好好面對，盡量平心靜氣，理性分析怎麼解決。這樣子，即使最終吵架了，當事情解決後，雙方就會和好。

小事才是最恐怖的。

日常事，即是老是常出現、幾乎每天都會碰到的問題，危機四伏，稍稍說錯一句話，態度不好，大家想也不想就會開戰。就是覺得只是小事一樁，大家就會變得衝動、變得固執，寧願激烈地吵一場，也絕不相讓。一時意氣毀了整天的情緒，甚至整段關係。

很多情人，都不是一下子就分手，而是長年累月的爭吵下，心淡了，累了，覺得回不去了，大家已經失去了愛，以後都無法再愛。

或是，即使有愛但相處不來，認為分開是最好的結局。即使多年的夫妻，感情也戰勝不了日常吵架的疲憊，從前多恩愛，大家一路以來多努力，也要淡然離婚。

為小事而吵最恐怖的地方是無法避免，沒有人能確保自己每天都不會鬧情緒。即使今天能忍讓，明天也會大爆發。

很公平的，貧窮富足、年輕年老、健康或生病的，所有情人都會吵架，花多少錢都逃不掉，多少錢都換不來真感情。說幸福就幸福，說淡就淡，說不愛就不愛。

所以，吵架的關鍵，除了怎樣預防，還要細心地善後及補救。

快來也可以快去，不要覺得吵完就算，一定要做點事去修復，即使充滿儀式感也絕對要。雙方的心裡會好一點，也很需要那點甜去證明愛還存在。

不要白白浪費每次吵架的經歷，那是兩個人捱著痛換來的寶貴一課。

關於儀式感

呼應永遠太遠的想法，及時行樂吧！

現在回想我才覺得，從前限制太多了，連戀愛都要有所顧忌，但問題是，空想不會帶來快樂。

曾經有一位男生（不是我），他覺得自己是位好男朋友，經常都想著跟女朋友做些甚麼，去哪裡旅行，將來過得怎樣。

但他的女朋友卻無聲無息地，在一天突然提出分手，而且是心灰意冷的那一種。

他完全不明白，她卻一直沉默，過了一段時間才願意開口解釋：

「我感受不到你對我的愛。」

男主角跟我們一樣，聽到滿頭問號，帶點憎恨地反問：「妳認識了另一個男生嗎？」

沒錯，在男生的腦裡，他們是對很浪漫的情侶，他認為將來比現在重要，有很多想法。

但女生卻覺得，一切都很遙遠，他甚麼事都只有個「想」字，卻沒有行動，哪怕只是做丁點事情來呈現愛，他都沒有。

就像一門生意一樣，打個比喻，現在公司生意不好，蝕了很多錢，但老闆卻說十年後吧，等十年就會賺錢，到時一定會升職加人工，現在可以免費當員工嗎？你應該會即時罵髒話，然後辭職信也不遞上便離開。

你可能會說，比喻錯了！愛情不是用錢去衡量，愛情是純潔又神聖的！

但愛情也不是免費，男又好女又好，都想從對方身上得到甚麼，你也想另一半對你好。

男的想女方等待，女的想要現在。沒有誰對誰錯，分手的原因到底是甚麼也一點都不重要，重要的只有結果，愛還是不愛？

這段感情是否仍值得你花點心思、花點耐性去看看是否會幸福？要無條件地再等多等可以嗎？

而這一次，即使他愛，但她已不愛。

沒有當下的愛，將來怎樣，也沒有用了。

最大的儀式感，當然是結婚吧，但有些男人對結婚很抗拒，他們不是不願意結婚，只是覺得自己未夠資格。

這些男人，跟那種玩世不恭，不想安定下來的不同，他們很想安定下來，很願意過安穩的生活，卻沒有結婚的勇氣。

可以給予對方幸福的勇氣。

曾經，我也是當中的一份子，所以絕對明白那種無力感。不關於婚禮擺酒那些籌備上的煩惱，而是要闖破一些心理關口。

其中原因，當然是「收入」。假如月入數萬或更多，收入穩定，拍拖幾年感情穩定，男人對婚姻是無所畏懼，立即結婚亦可以；但當收入不理想，今個月擔憂下個月，哪有信心去跟對方建立將來呢。

但矛盾是，不結婚也不代表想分手，因為不是沒有感情，只是沒有財力。

這時候，男人便希望努力多點，在職場上盡快更進一步，時間過去，便達到心中的高度，可以結婚了。

旁人甚至女方或會覺得，結婚大有大搞，也可以簽紙就成事，講心不是講金，為甚麼要被愛情以外的因素去阻礙呢？夠愛就可以結婚吧？

但對沒自信的男人來說，那像是一種更令自己過意不去的安慰說話。他就是不想對方委屈，也不想輕視那份承諾。沒錯是很大男人的心態，但結婚是一輩子的事，簡單不代表屈就。

我可以萬事準備好，但簡單地結婚；卻接受不到因為沒錢所以迫著要簡單，邏輯是不一樣的。

而對等待的女生來說，即使願意等，看著身邊一對一對成家立室，心裡也不是味兒，埋藏了一份又一份灰心，等到結不結也沒感覺，甚至放棄。

愛情是一份感覺，一刻的情感。所以無論過了幾多年，依然需要保持那一刻甜蜜時間。

在永遠的未知數出現前，及時把幸福實現，談戀愛就是要談快樂。而其實，愛情不是一下子失去的，而是漸漸地被忽略，淡出的二人世界。

關於幸福

那些處於幸福的情侶或夫妻，並不是無風無浪，不是每分每秒都活在韓劇般的愛情童話。

他們也會吵架，也會出現嚴重的問題，但他們必然找到解決問題的方式。

例如，其中一方包容或忍耐力超高，願意忍讓對方，那麼他們可以跟問題共存，抱著問題相愛一輩子，這當然是不健康，但無可否認，至少是個方法。

更好的是，兩個人都不覺得那是個「問題」，他們同樣會遇到其他人的問題，但他們有能力，有默契地把問題變得很輕微。

別人的致命重症，對他們只是輕微擦傷，傻傻的替對方抹一抹傷口就重新上路了。這樣的幸福，很講兩人的經歷或性格，渾然天成無添加，天生一對。

努力也無法幸福的情況是，他們很認真地嘗試解決過問題，比其他人更積極，所有道理都說過、跟朋友傾訴過、情感上也互訴過心聲，但問題始終存在，無法視而不見，無一方可以忍讓，無法當成小擦傷。

愛是很愛，也很不捨得，卻一直被問題煩擾，吵過一次又一次，無法停止互相傷害。

其實，「問題」只是表面，處於深層的矛盾是，他們始終找不到解決問題的方式，就像做菜一樣，不是沒有好的食材，而是沒有技術，怎樣努力都煮不出想吃的味道。有些人不管多難吃的苦頭都嚥下去，心想：「煮了這麼久，花了這麼心思，吐掉太可惜了……」但兩個人始終好講緣份。

幸福對一些受過傷的人來說，定義已經不一樣了。

我連幸福是甚麼都沒有再多想。能夠正常過每一日已經很合格，至於甚麼是正常，第一是不會失眠，第二是沒有意外發生，例如生病、被辭退、家人有事等等。如常地工作、吃飯、看劇集、看書、跟朋友聊天、聽歌、玩遊戲、做運動就夠。單身是不需要擔心時間不夠、做不到自己想做的事，生活節奏可以很慢。

而愛情方面，不打擾也不想被打擾，希望身邊的朋友一切安好就可以。

聽上去好像很絕望又消極對嗎，那就如大病過後想先吃得清淡一些而已。

對受傷的人來說，長痛是一輩子，短痛是一萬年。

能夠康復到正常生活，已是奇蹟了。

補充一點，分手的你，單身的我們，千萬別執著要過得比對方好。萬一不夠好呢？萬一你有天知道對方原來沒有你生活得更好開心，你便會否定自己一切努力。

所以，你不是要跟對方比較，對方怎樣都與你無關了。

你要做的，不是過得比對方好，而是過得比以前好。甚至乎，你在單身的階段，有些生活細節沒可能比以前好，那些二人限定的甜蜜，你現在暫時無法感受。

又所以，在一個人生活，在我們的能力範圍內，可以活得多好就盡力多好，對我們來說，那就是最幸福了。

後記

我們都手握著愛情之花，它曾經無意中飄到我們的眼前。

我們悉心照料著，耐心等待它燦爛盛開。

雖然隨著時間，花以不同的方式凋謝，但我們擁有過它綻放的最美好時光，那是每一朵花的必經過程。

短暫地停留在我們身邊，永遠地存在心裡。

花在腐爛前留下了一粒種子，這顆種子可以再讓花再次盛放，只要你願意將它放進你的心房，即使那裡已成了一片焦土。

種子在被埋藏著的狀態下默默成長，你的眼淚成為了它所需的水份。

你不是孤獨地想念花開，因為種子也期待著那滲進黑暗裡的一線陽光。

你會質疑種子是否已死，對花期失去了盼望，需時真的太久了。

但它告訴你：「慢慢吧，不用急，我會等你。」

要是哪天種子真的再開花，那不是無意中的飄落。

而是你努力地把焦土修復成綠草。

已忘了經歷了多少天的絕望，請跟那個沉淪悲痛中的自己說聲：「辛苦了。」

珍惜陽光燦爛的日子。

感激你看完這本書。

我沒預期過人生裡會寫出關於失戀的書，至少不是在二零二一年，實在太過突如其來。

人生總是千瘡百孔，一次又一次經歷失去及傷痛，我們始終無法預料。

如果我們學懂從悲傷中感受到快樂，那麼就不會再懼怕悲傷。

我們仍然會痛，但那些痛一次比一次減弱。

為了再次懂得愛別人，我們都要懂得愛自己。

我還在努力地試圖走出傷痛。

希望你也能夠。

一起為幸福加油。